LE DANGER
DES
EXTRÊMES.

ERRATA.

Page 28, lig. 13, après *Duval égayé par Thalie*, suivra la lettre de renvoi (*x*).

Même page, à la dernière ligne, après *Exaspéré par les lenteurs*, suivra la lettre de renvoi (*x* bis.)

Medio tutissimus ibis.

LE DANGER DES EXTRÊMES;

Essai critique, à l'ordre du jour, sur quelques Écrivains ensemble, où se trouve l'histoire du savant Astronome Chinois, Kia-tsing Marabou-tsky, et un Dialogue familier entre *Aristénète* et *Corebus*.

Dextrum Scylla latus, lævum implacata Carybdis
Obsidet. . . . .
Inter utram que viam. (VIRG.)

A PARIS,
La Petit n° 223
Chez les Marchands de nouveautés,
Palais Egalité.

AN VIII.

Il vient de paraître une Satyre, dans laquelle l'auteur attaque, avec autant de mauvaise foi que d'esprit *les meilleurs poëtes républicains*. Ce rimeur, dont quelques tirades annoncent du talent, et qui promet de devenir poëte, ne sait pas ce qu'il perd à parler contre sa conscience. Ses portraits ne ressemblent point. On ne saurait de qui il parle, *s'il ne nommait* pas les personnages que poursuit son inimitié.

Nous n'aimons pas plus que lui quelques membres de l'INSTITUT ; mais notre indisposition, l'antipode de la sienne, se dirige contre les partisans des préjugés et de la superstition, et *nous ne nommons personne. Nosce te ipsum.*

L'INSTITUT ! ce grand édifice honorera la France et l'Europe, et peut-être le monde entier. Sans doute on peut dégravoyer à l'entour, déchausser et remplacer les mauvais pilotis, mais autre chose est de faire cette opération, ou de mutiler les beaux ornemens de l'édifice.

Dénigrer les bons poëtes républicains, c'est attaquer les appuis de la république. Crois-moi, jeune homme, tu ne la verras pas s'écrouler. Tes vers sont mordans, mais tes efforts sont risibles. On croit voir un nain férailler contre une pyramide.

NOMS

De quelques-uns des Auteurs et autres Personnages cités dans ce Livret.

Andrieux.
Acton.
Alcide.
Anthée.
Artarpax.
Appius.

Bonaparte.
Brecké-ké-ké.
Bréboeuf.
Brutus.
Blanchard.
Brunet.
Bayle.
Bannier

Cicéron.
Cacus.
Carrier.
César *Auguste.*
Caton *d'Utique.*
Chénier.
Chaussard.
Carré *de Toulouze.*
Corbigny.
Camille-des-moulins.
Clopinel.
Chompré.
Clovis.
Crispinus.
Crépin (S.t)

Danet.
Duval (*Poëte co*)
Dupuis.
Dom Quichote.
Diodore (*sicul.*)
Ducis.
Desorgues.
Davrigny.
Declautre.
Daru.

Erichton.
Erisichton
Francklin.
Franconi.

Garat.
Garnerin.
George-Pitt.
Germanicus.

Ginguené.

Hylarion (*Frère.*)
Hispo.
Hippo.

Jérémie.
Jésus.
Juvenal.
Joas.
Joad.
Josias.
Yaurat-ky.

Kia-tsing Marabou-tsky.

Lafontaine.
Lebrun (*le Poëte.*)
Laplace.
Linguet,
Lavrillière.
Lachabeaussière.
Lebon.
Lavallée.
Leclerc.

Mongtgolfier.
Miolan.
Méridarpax,
Ménage.
Marcellus.
Mahérault.
Mirabeau.
Milon.
Mariana.
Manuel.

Nobody.
Narcisse.
Nabucodonosor.
Neufchateau.

Ovide.

Phèdre.
Perse.
Paw.
Palissot.
Parny.
Pommereul.
Pitou-l'Auxerois.
Pitt.
Pierre (S.t)
Pie VI.

Regnier (*Poëte.*)
Robert-son.
Rouget *de Lille.*
Rafronios.

Racine.	Simon (*de Troyes*).
Réicrem.	
Ralier.	Tarquin.
	Tigilin.
Sédécias.	Tacite.
Sénéque.	Tullie.
Sylvain Maréchal.	Tiraqueau.
Sieyes.	
Sacrogorgon.	Vilette.
Suwarow.	
Sacrovir.	

N. B. *Nous comptons sur la reconnaissance de ceux dont les Portraits feront désirer certains noms que nous avons laissés tout exprès dans les ténèbres.*

Amicus amico
Naberants —

Felix Nogaret

AU C.en LEBON,

Instituteur à Paris, l'une des anciennes Colonnes de l'Université.

Mon vieux Camarade, tu as peut-être joué un assez mauvais tour au public, en me félicitant en bon latin, d'avoir laissé là le récit des combats amoureux, pour m'occuper des exploits de nos guerriers. J'aurais dû te répondre en quatre mots, et je le pouvais : il me suffisait de te dire que *je n'ai fait que mon devoir* en quittant la guitare pour le fifre et les tambours : mais j'ai voulu te le prouver, et j'ai peut-être donné dans le défaut des vieillards.

Réfléchis cependant au nombre prodigieux de travers, de vices et de crimes que j'ai dû trouver *huc et illuc*; et combien les haltes que j'ai été forcé de faire, m'ont occasionné de retardement. Tu trouveras peut-être alors, que je n'ai pas trop mal enfourché mon Pégase, et que je n'ai pas mis trop de tems à faire une si longue route; tu verras même que j'ai galoppé à l'aide d'un Rythme qui, n'ayant pas de césure *exigée*, gêne d'autant moins, qu'il ne promet point, au goût de l'interprète, ces *Hiérogliphes poëtiques*, apanage de l'hexamètre, résultant de la combinaison des syllabes, de la longueur ou de la brièveté des paroles, de leur accélération ou de leur repos. Elles me plaisent fort ces beautés d'imitation, qui peignent la pensée, dont l'âme s'émeut, que l'imagination voit, et que l'oreille entend; mais j'aime à courrir, et je me contente des heureux effets qui peuvent naître de la lenteur, de la rapidité, ou de la chute des périodes, dans mon genre familier. Enfin, je n'ai pas dû être plus court, parce que, en reprochant aux autres de se taire quand ils devraient parler, il était nécessaire de les convaincre qu'ils avaient beaucoup à dire.

Cristéuete.

LE DANGER
DES
EXTRÊMES (*).

FOURMI-LION l'Anachorète, (a)
Dans le fond de son entonnoir,
Figure assez bien un poëte
Qui veut vivre.... sans se mouvoir.

J'ai vu, dans plus d'une volière,
Parmi des Oiseaux *bien nourris*,
Pour un chantre, à la voix légère,
Trente qui font de vilains cris.

Quant aux Muets, il en fourmille.
Tous les jours, dans une famille,
On montre des goûts différens :
Beaux-esprits, et demi-savans
Sont les oiseaux co-partageans,
Dont l'un se *tait*, et l'autre *crie*.
On voit que je remonte au tems
De mainte vieille Académie ;
Car on connait ma bonhommie :

(*) Cette bagatelle nous a paru avoir besoin d'éclaircissemens. Comme il y en a d'une certaine longueur, nous avons cru bien faire de les séparer du texte. Ils ont pour but de détourner d'un jugement trop prompt, la malignité disposée à reconnaître des personnages que nous n'aurions pas eus en vue.

Je ne saurais avoir pour but,
Dans cet éclair d'allégorie,
Aucun oiseau de L'INSTITUT.
On sait même qu'à leur ramage
J'ai dit *bravo* plus d'une fois,
Sans espoir de mêler ma voix
Aux commensaux de cette cage.

Heureux qui se tait à propos!
Très-volontiers je fais silence,
Lorsqu'un de ces gentils oiseaux
Sur son bec, avec élégance,
Fait voltiger quelques bons mots
Contre la PITT-*onique* engeance. (*b*)

Il mérita ma révérence,
Celui qui parla des perdreaux,
Du rêve et de la déchéance
Du prêtre ingrat de Badajoz ; (*)
Et j'ai dit : *benedicat vos*,
Quand de la cage réjouie
Un jour, la majeure partie
Applaudit un Républicain,
Qui peignait Bellone en furie,
La vengeresse et le soutien
Des DROITS dont je me glorifie.

Toutefois la sincérité,
Repoussant la cajolerie,

(*) Le chanoine de Badajoz, conte charmant du Citoyen ANDRIEUX, membre de l'Institut national des Sciences.

Dit que, sur la totalité,
Il ne faut pas qu'on s'extasie (*).

Mais passons. Dans mainte Cité
N'est-il pas de muse engourdie ?
N'en est-il pas d'assez hardie
Pour attaquer la liberté,
Et répandre, avec perfidie,
L'erreur et l'immoralité ?

J'ai vu des hordes britanniques
Applaudir la subtilité
Des farces amphibologiques
Dont le théâtre est infecté.

J'ai vu la morne Pantomime
Attirer un peuple hébêté,
Qui paye en dupe, et sort victime
D'un Directeur qui l'a bâté.
Ah ! de la Scène, qu'il profane,
Qu'un tel genre enfin soit banni !
C'est trop voir Laure, Hébé, Lindane,
Arsinoé, Flore, ou Fanni
Se pâmer à l'aspect de l'Ane
Et des Chevaux de Franconi.

De la République des Lettres
Où sont les mâles écrivains,
Ces grands poëtes, ces devins,
Ces philosophes géomètres,

(*) Voyez le Dialogue à la suite des éclaircissemens.

Pour qui des rois étaient des nains,
Qu'ils dépassaient de deux cents mètres...!
Hélas ! ils sont dans le tombeau!
Mably, Voltaire, grand Rousseau,
Vous tous qui brisâtes nos chaines,
Etes-vous morts sans héritiers ?
Ciel ! par combien de flibustiers
Je vois saccager vos domaines !

Compilateurs écrivassiers,
De plagiats tenant boutique,
Dormez avec vos devanciers.

Laissons maint prosateur cynique,
Et de cent mille romanciers (*c*)
La masse anglo-diabolique.

Et ce rimeur enharmonique, (*d*)
Brecké-ké-ké, Bahours-roc-brique,
Qui pour Brébeuf, quittant Regnier,
Osa du fond de son bourbier
Croasser un poëme épique,
Non de son cru, mais italique,
Traduit, Hélas! et.... tout entier!
Dieu sait ce qu'on en pense à Rome.

Mais si, pour faire mal des vers,
On n'en est pas moins honnête homme,
Le sont-ils, ces auteurs divers,
De qui la *verve* ou *l'éloquence*
Trompe la stupide ignorance;
Et, par des argumens divers,

Au cœur des enfans de la France,
Porte le trouble des enfers ?

Qu'espère-t-il de son audace,
Ce fier brigand, fils de Cacus (*e*),
Qui, dans vingt groupes, nous menace
De partager nos revenus,
Et veut voir *saigner* sur la place
Des millions d'individus ?
Pour appuyer sa rhétorique,
A chaque main il a dix doigts :
Sur son front apocalyptique,
On voit un 9 avec un trois.

Voyez-vous cet autre escogriffe (*)
A tout venant tendant la griffe,
Pour un écu qu'il ne rend pas (*f*) ?
(Voilà, voilà de nos ingrats)!
Bien payé par la République
Qui lui pardonne le fatras
De son œuvre mélancolique,
Il est, de tous les potentats,
La corne-muse monarchique.

Hâtez-vous : regardez ce nain (*g*),
Ce nécroman, lunette en main,
Qui va s'élever jusqu'aux nues,
Fier d'être vu par le chemin,
Comme *la reine des tortues* (*h*)!...
Payé cinq fois à nos dépens :

(*) Jérémie, voyez les éclaircissemens.

Si, dans la région céleste,
Il vient à desserrer les dents....
En dépit des cinq traitemens,
Dont il a composé son leste,
Ce sera pour louer les grands,
Pour attaquer l'indépendance,
Ou pour annoncer à la France
Quelque sinistre événement....

Que vois-je ? A-t-il craint le tonnerre ?
A peine il a quitté la terre
Qu'il la regrette ! il redescend !
Il voit la honte qui l'attend :
C'est sa maitresse la plus chère !
Il se précipite en amant,
Il est au bout de sa carrière.

Nous n'aurons point ses notions
Sur l'oxigène et la moïette,
Soumis à des comparaisons
Qu'il promettait dans la gazette ;
Mais un sale enfant de la peur,
Tel que les coule une dévote,
En revanche a produit l'azote
Dont se plaint fort son conducteur.
Courage, allons, petit Thersite,
Retourne à jeun, remonte vîte,
Plus modeste et moins turlupin :
Tomber des cieux est ton destin ;
Pars donc, et remplis ta promesse.
Tombe à Thago qui t'intéresse,

Et rampe, au gré de ton instinct,
Entre le prince et la princesse.

Je pourrais fixer vos regards
Sur ce journalier rachitique,
De qui la muse anti-civique,
Carressant l'Aigle des Césars,
L'ours du Volga, les Léopards,
Aux Alpes et dans l'Armorique,
Développe leurs étendards,
A l'Empereur rend la Belgique,
Et voit la flotte britannique
Nous affamant de toutes parts.

A Marbeuf et dans l'Elysée,
Qui n'a pas vu ce patelin,
Ce Lémure à mine rusée,
Faux Titus et vrai calotin, (*)
Déroulant cent fois la fusée
De ces vers pleins d'un noir venin ?
Sous un grand saule, au crépuscule,
Il vous appelle, il sèche, il brûle
De vous parler du Prétendant,
Effrontément il se hasarde,
Et bondit de contentement,
Quand un passant qui le regarde,
Des mains entend le claquement.

Mais le Français n'est plus novice,
Et, quelques soient d'un tel pantin

(*) Mauvais Cheveu, coiffé en Républicain.

Les projets et le maléfice,
L'antidote est le bras d'airain
Qui, servant la juste colère
D'un peuple fatigué du frein,
Pulvérisa, comme le verre,
Cette bastille héréditaire,
Tombeau des Droits du genre humain.

Le peuple encore est Souverain:
Il a repris ce grand courage
Qui des rois confondit la rage,
Et triompha de leurs complots;
Il se souvient que la Victoire,
Mars et Bellone ont mis leur gloire
A se fixer sous leurs drapeaux.

Qu'ils paraissent donc, ces Pygmées,
Qui, dans Paris, ont des armées!...
Voici leur brave général!
Il ne craint pas qu'on le distingue:
Il porte à la main, pour signal,
Crossette en canon de seringue
Formant *lituus* augural!...
Amis, leur trame est découverte;
Marchons.... Mais tout fuit, tout déserte!
Petits lutins! Un mousqueton
A dissipé leur troupe inerte!
Je les vois évitant leur perte,
Sur leur chaussure en hanneton,
Regagner tous, d'un pas alerte,
Ou la rue, ou leur phaëton.

Mais le toccin du fanatisme
Sonne encore en faveur d'un roi !
On parle de venger la foi
Des attentats de l'athéïsme.

Entendez-vous, dans le lointain,
Hylarion qui psalmodie ;
Et, dans son chant grégorien,
Tout à Jésus, tout à Marie,
La fait passer pour l'ennemie
De tout poëte citoyen ?
Eh ! mon ami, n'affecte rien,
Ton sermon sent l'hypocrisie !
Autrefois j'étais un vaurien ;
Alors je croyais au Messie :
Oh ! que j'ai donc changé de vie
Quand j'ai cessé d'être chrétien !

Aujourd'hui la philosophie
Me rend juste, me rend humain ;
Je respecte la douce amie
Et la femme de mon prochain ;
Elles me plaisent, mais ma Mie
Suffit à mon feu clandestin.
Tu n'es pas aussi véridique,
Toi !... je t'étonne étrangement
De convenir ingénuement
Qu'à soixante ans, mon calorique
Suffit encore, par moment,
A la dépense de l'amant,
Ce nonobstant la poëtique !

Vieux Corybante, au front mystique,
Tu te tairais; mais, que veux-tu?
La franchise est une vertu
Qui te manque, et dont je me pique.
Me fuit qui veut, je suis connu.
J'aime fort Vénus, Uranie;
Mais je me sens toujours enclin
A la Vénus, bien plus jolie,
Qui nous donna l'enfant malin,
Par qui tout croît et multiplie....
Aussi, l'un des vœux de ma vie,
Ce fut, qu'au sexe féminin
On pardonnât quelque folie;
Car s'il viole son serment,
S'il est fragile.... il est charmant!

Mais que toujours la jouissance
Soit le fruit de la complaisance!
Qu'à la luxure on mette un frein!
Périsse ici la tyrannie!
Plus d'Appius, plus de Tarquin.
Dans Lucrèce et dans Virginie
Je vois la liberté ravie;
Le mot vengeance est mon refrein.

Mais, oh! combien d'autres coupables,
Vengeance, ont mérité tes coups!
C'est trop les voir échapper tous
A tes atteintes secourables.
Répands un salutaire effroi,
Vengeance, remplis notre attente,
Punis.... *mais frappe avec la loi.*

Quelle atteigne tout Sycophante,
Tout calomniateur bandit,
De qui la langue fulminante
Ne détonne qu'à son profit.

Frappe tout voleur en crédit,
Ecumeur de la République.

Le ciel nous garde désormais
D'une justice léthargique!
Qu'un brigand, l'horreur des Français,
Qui dut passer par l'étamine,
Et qui s'en va mourir en paix,
Revienne expier ses forfaits
Sous le feu de la coulevrine!

Vengeance! qu'il se flatte en vain,
Tout oppresseur du Souverain,
Tout assassin de ma pensée,
Tout traître, assemblant le guépier
D'une noblesse dispersée,
Lamentin (*i*) pleurant par métier,
Une majesté trépassée.

Tout *frère* (*), contre les soupçons

(*) Je demande pardon pour cette note: j'ai besoin d'être bien interprété tout de suite. C'est un supplice que d'écrire en vers; on ne dit que la moitié de ce qu'on veut. Il faudrait ici Faux-Frère. Un Faux-Frere est une espèce de SINON, à qui on a (soi-disant) coupé le nez et les oreilles, un phraseur sociétaire, Royaliste déguisé.

Calculateurs politiques! Ce mot Faux-Frère est sy-

Usant de la vieille recette,
De GUILLOT prenant la houlette (*k*),
Loup-Berger parmi les moutons.

Tout *emporté*, qui sort des gonds,
Qui se compose une cohorte,
Et brusquement ouvre la porte
A des Carriers, à des Lebons (*).

Toutes ces bandes de fripons,
Vile engeance, horde famélique,
Dont jour et nuit l'esprit s'applique
A repomper l'argent et l'or,
Et qui d'un papier chimérique
Sans cesse encombre le trésor (*l*).
Destructeurs de notre espérance,
Prêteurs, receveurs, exacteurs,
Tombez.... tombez agioteurs !

nonime de 91. Posez 91 et dites : CARIBDE. Posez d'autre part 93, chiffres correspondans à ces expressions, et dites : bon ! c'est SYLLA. Entendez-vous à cette heure, les aboiemens à droite et à gauche ? — Oui. — Voyez-vous la SAGESSE qui passe entre les deux écueils, en se défiant de l'un et de l'autre... ? C'est l'AN 3. Ainsi s'explique le but que je me suis proposé dans cette Epitre : c'est le tableau parlant, qui donne le sens précis de mon Epigraphe.

(*) Les ARISTARQUES trouveront qu'il y a ici une S de trop. Je répondrai qu'on n'écrit sans S les VIRGILE, les CICERON, les VOLTAIRE, que parce qu'ils sont INIMITABLES.

Tombez, vils dilapidateurs,
Sous le glaive de la vengeance!

Couvrons d'un éternel dédain
Tout Crésus, Grand-Seigneur-Crispin,
Marionette diaprée,
Hispo, Narcisse ou Tigillin (*m*),
Ame commune, mal-plâtrée,
Valet, cachant mal-aisément
Sous son nouvel ajustement,
Son cœur de boue et sa livrée.

Qu'on s'en tienne à les mépriser,
Ces Gitons, et ces Proxénètes (*n*),
Qui, toujours prompts à tout oser,
S'en vont offrant, sur leurs tablettes,
Les noms charmans de vingt coquettes,
» Que l'on verra s'humaniser »....
Et, *plus bas*, l'ample litanie
D'anciens amis, ou de parens,
De qui le poste fait envie,
Dès-lors, jacobins ou chouans,
Bons à réduire à la besace,
Bons à céder leurs fonctions
Et les revenus de leur place
A ces infâmes maquignons.

Mais, loin du sol patriotique,
Que l'on écarte de nos yeux
Tout druide séditieux,

Qu'agite un démon fanatique.

Tout écrivain contagieux,
Ennemi du corps politique
Qu'il va gâtant, comme un lépreux.

Tout poëte silentieux,
Dans sa criminelle inertie
Attendant quelque roi morveux,
Comme on prétend que le Messie
Est attendu par les Hébreux.

La loi parle, la loi condamne
Ces descendans d'Erisicthon (*o*),
Imprudent, dont la main profane
D'un bois sacré, cher à Diane,
Coupa le dernier rejeton.

Je m'arrête.... Que ferait-on
A ces milliers de girouettes
Pirouettant, à l'horizon,
Suivant le souffle des caillettes?

Que dire à maint Caméléon
Changeant de couleur et de ton,
Selon que nos journaux-trompettes
Peignent à ce peuple mouton,
Nos victoires ou nos défaites?

Pourrions-nous vouer à Pluton
Ces vrais croyans fantasmagores (*p*),

Bien moins adroits que Robert-Son,
Annonçant l'apparition
De tant de nobles Matamores,
Errant avec componction,
Et n'alarmant que des pécores ?...

Rassurons-les par la pitié :
Ce serait une conscience
Que de porter inimitié
A tout stupide affilié
De la vieillesse ou de l'enfance.

Mais d'où partent ces hurlemens ?
Qui donc, avec tant d'arrogance,
S'en vient sapper les fondemens
De la liberté qui s'avance,
S'élève, et, par sa contenance,
Défie et les rois et les tems ?

Ils l'entendront, le mot vengeance,
Les égorgeurs de nos Agens,
Ces lourds colosses, ces géans,
Nos destructeurs en espérance !

Il l'entendra, dans sa démence,
Ce roi forban, ce ravisseur
Du vaste empire de Neptune,
Déjà peu sûr de la fortune,
Et qui devient.... faux-monnoyeur !

Français, gardez votre énergie !

Le Conscrit part, chacun s'écrie :
Aux armes ! Ces deux mots soudain,
Chantés en chœur sur l'Apennin,
Rendent l'*espoir* à l'Italie.
Ne doutons pas que le Destin
Ne *reproduise* la merveille
Qu'enfanta le pays latin.
Liberté ! volez, nom divin (*q*),
Allez croissant, charmez l'oreille,
Ranimez écho qui sommeille
Aux pieds des murs de Constantin....
Et que l'Univers se réveille !

Rouget (*) ! quelle gloire t'attend !
Cher aux Français, cher à Bellone,
Jouis de ton sublime chant !
Que la Liberté te couronne ;
Que, d'âge en âge, nos neveux,
Lisant les plus parfaits ouvrages
De nos poëtes merveilleux
Si peu touchés de nos orages,
Disent : Rouget a fait plus qu'eux.

Aux accens de ce fier Tyrtée,
Tandis que, marchant d'un pas sûr,
L'ardent Conscrit, d'*un sang impur*
Voit la terre encore humectée,
D'Apollon quelques vrais enfans,
Percent, dans Paris, les serpens

(*) Rouget de Lille, auteur de la Marseillaise.

Dont cette ville est infectée.

Alcide presse, étouffe Anthée!..
Alcide, amis, c'est la vertu,
C'est cette franchise ingénue
Qui ne sait rien taire aux humains,
C'est la vérité toute nue,
Qui paraît, qui frappe et qui tue
L'erreur et ses fantômes vains.
Anthée est ce monstre barbare,
Ce fanatisme renaissant,
Tyran cruel et tout-puissant,
A l'œil farouche, au cœur avare,
Imposteur nous asservissant
Au nom du ciel et du Tartare.
Les philosophes, les savans
Ont éclairé sa marche oblique:
L'homme a recouvré le bon sens,
Et détruit le pouvoir magique
Qui sur lui pesa.... si long-tems!

Les erreurs des hommes célèbres,
Les séjours rians ou funèbres,
Imaginés par nos bourreaux,
Les dieux de chair, vieux ou nouveaux,
Sont tous rentrés dans les ténèbres.

Vengeur des célestes flambeaux,
Parmi lesquels la flatterie
Plaça de prétendus héros
Couverts de sang et d'infamie,

Dupuis déchire les rideaux (*r*) :
Las de voir, par de vils fanaux,
La splendeur des cieux avilie,
Il débrouille tout ce cahos.

Soleil, des traits de ta lumière,
L'homme osa couronner son front!
Brille vengé d'un tel affront;
Reprends ta dignité première!...
Entre l'Être infiniment grand
Et l'homme qui n'est que poussière,
S'il faut un *intermédiaire*,
C'est à toi d'occuper ce rang.

Que dans mon cœur et dans mes rimes
Il soit, et demeure implanté,
Cet auteur tant persécuté (*s*)
Par des bigots et par des Grimes,
Palissot, qui, dans ses maximes
Rejetant l'absolution,
Prouve que « *la confession*
» *A multiplié tous les crimes* »!
Il eut raison : témoins les faits,
Témoins des milliers de victimes,
Spectres sortant des noirs abîmes,
Et frappant nos sens stupéfaits.

Regardez vos temples gothiques :
La plupart de ces basiliques
Sont le fruit des nombreux forfaits
De tant de Souverains iniques,

Assurés de mourir en paix,
Grâce aux pardons apostoliques!

Voilà comme on sert son pays!
C'est avec de pareils écrits
Que l'on éclaire l'ignorance,
Et qu'on rit de l'impertinence
Des faux dévots, maigres esprits,
Perturbateurs des grands Juris,
Dont ils dérangent la balance.

Rompez donc, rompez le silence,
Vous dont l'emblême est l'amas d'eau,
Peste voisine du hameau,
Où meurent, par son influence,
Et les *bergers* et le *troupeau*.

Prenez un système nouveau,
Vous qui, conduits par la démence,
Ne savez prendre le pinceau
Que pour faire un affreux tableau
Des charmes de l'indépendance;
Vous dont Swarow est l'espérance (*t*),
Vous, les amis de ce bourreau,
Vous, qui voudriez voir la France
Changée en un vaste tombeau!

Et vous, Savans de qui l'ouïe,
Insensible aux divins concerts
Des doctes nymphes d'Ausonie,
N'aime ni le chant ni les vers,

Vous dont la sévère manie,
Au calcul soumet le génie,
Qui méprisez son entretien,
Et que Racine même ennuie,
« *Vu que son vers ne prouve rien* » !
Montrez, montrez moins de dédain :
Apprenez que la poésie
Peut être utile au genre humain (*u*).

Chénier, aimé de Melpomène,
Chez nous l'a prouvé sur la scène,
Dans plus d'un vers républicain (*v*).

Fidèle ami de sa patrie,
Duval égayé par Thalie,
A su chausser le brodequin.

Piis, armé d'un vers taquin,
Harcèle, perce maint reptile.

Et, tandis que du Vaudeville
L'essaim, agitant ses grelots,
Persiffle gaiement par la ville,
A l'aide de quelques bons-mots,
Tout gobe-mouche, enfant de Gille,
Instrument d'un premier mobile,
Qui veut voir s'enferrer les sots.

Admirateur du Monde antique,
Chaussard l'oppose aux novateurs :
Exaspéré par les lenteurs (*x*)

De notre art machiavélique,
Il peint la franchise rustique
De Rome et de ses laboureurs;
A la félicité publique
Il s'intéresse.... il veut des mœurs,
Ce qu'il propose est laconique :
Des lois *stables*.... et des CENSEURS.

Ainsi le Sage s'évertue;
Ainsi, par mille traits divers,
Mercier, frondeur de nos travers,
Se varie et se perpétue;
Et, se passant de l'art des vers,
M'offre, dans Caton qui se tue,
Un noble terme à mes revers.

Pomereul dérobe à Morphée (*y*)
Un tems qu'il consacre aux humains:
Chaque Art, soumis à *ses dessins*,
Jaloux d'embellir son trophée,
Met son attribut dans ses mains.

Ardent au bien, mais pacifique,
Ginguené, cédant les honneurs,
Garde un calme philosophique;
Il pardonne à ses détracteurs,
Et sert encore la République
Par des chants où son cœur s'applique
A faire aimer les bonnes mœurs.

Jours glorieux! rampez, esclaves

Attristés de voir les talens,
Aujourd'hui dégagés d'entraves,
Grands.... comme les événemens!

Sur les charmes d'Eléonore
Parny ne verse plus des fleurs (z) ;
Dans sa main brille le phosphore
Qui m'éclaire sur les erreurs
Dont l'empire nous déshonore.

Dans un poëme raisonné,
Son Pentamètre a détrôné
La divinité mensongère,
Par qui tout peuple était damné,
Lorsqu'en un coin de l'hémisphère,
Injustement, par Dieu le père,
Ce pauvre peuple abandonné,
Mourait, sans avoir deviné
Dieu-pigeon, courrier de Cythère,
Et Dieu-l'agneau.... verbe incarné
Dans les flancs d'une Vierge-mère!

Laissant agnus et chapelet,
Nobody me transporte à Gnide *(aa)* :
J'entends sa messe.... elle me plait ;
Le masque y tombe : le Druide
M'offre le paillard tel qu'il est.
Vénus trahit l'hypocrisie :
Je crois voir la mine ébaubie
De ce chapelain d'Arouet,
Qui perd la carte et s'extasie,

Au moment où le fier Chandos
Va promenant sa main impie
Le long *du plus charmant des dos.*

De Lebrun la tâche est remplie,
Et voici de nouveaux sentiers
Où l'emporte encore son génie!...
Quel surcroît d'une noble envie!
Ses droits sont ceux de nos guerriers:
Mourir, le front ceint de lauriers,
Ce n'est pas sortir de la vie.

Sans avoir son grave maintien,
Peut-être, aidé de l'ironie,
Ai-je fait aussi quelque bien.
C'est en petit que je travaille (*bb*),
N'importe; aux filets du lion
J'ai du moins rompu quelque maille;
Ce que n'a pas fait maint Oison,
Plat journalier, qui se tenaille
Pour égayer, dans son chiffon,
Maint banquier de Pitt et d'Acton,
Et tout sot qui le ravitaille,
Joyeux d'ouïr que mon canon
Ne porte pas charge à mitraille.

Tais-toi, stupide Aliboron!
Le ÇA-IRA, mot d'un dragon,
Joyeuse et terrible trouvaille,
Sans rime enchanta la raison:
Ce verset d'un bon compagnon,

Change en duvet son lit de paille :
C'est une arme cette chanson !
Elle a de plus d'un bastion
Fait escalader les murailles.
Pitt en craignit l'impulsion :
Ce rien fait encor, par futailles,
Sortir tout l'argent d'Albion !
Tel au Pinde est un Mirmidon
Qui vaut Mars au champ de bataille :
On peut bien, sans avoir la taille,
Coucher bas un Sacrogorgon !

Mais chut, Muse sexagénaire !
Résumons : qu'un censeur *royal*
Ne vous traite pas de commère,
Pour émousser le trait fatal
Dont s'arme le vers tributaire
Qu'exige mon pays natal.
Par les *clameurs* ou le *silence*
Des traîtres veulent s'opposer
Aux progrès de l'indépendance !...
Eh bien ! empêchons - les d'oser.
LIBERTÉ ! je veux, pour te plaire,
Renoncer au fils de Cythère,
Qui si long-tems sut m'arrêter.
Si j'ai des torts il faut m'absoudre;
Ma plume, prête à tout tenter,
Saura me tenir lieu du foudre
Que ma main ne peut plus porter.

J'ai dit : ma Muse est applaudie;

Mes DROITS *de l'homme* sont traduits.
LEBON, en vers dignes d'Horace,
Entre Ovide, cher à Cypris (EE),
Et les deux Brutus me fait place !...
Tu ris sous cap, lecteur madré !
Tu crois que je me glorifie
De cet éloge exagéré !
Erreur : je n'ai point la manie
De me caresser pour si peu.
Chanter l'amour ce n'est qu'un jeu,
Un passe-tems, une folie ;
Chanter son pays, c'est un bien ;
Mais tout m'y porte et m'y convie :
C'est la devoir d'un citoyen.

Un Poëte n'est bon à rien,
S'il n'est utile à sa patrie.

ÉCLAIRCISSEMENS (*).

(A) Le *Formica-leo* ou *Fourmi-lion*, est un ver, ou larve, de la couleur et de la longueur d'un Cloporte. Pour attraper sa proie, il se creuse dans le sable une petite fosse en forme de cône renversé, ou d'entonnoir : il se cache dans le fond, ne laissant appercevoir que ses deux serres, et reste en embuscade, avec tant de patience, qu'il est des mois entiers sans *remuer*. Moins il s'agite, moins les fourmis le soupçonnent : c'est son *inertie* qui lui assure le succès de sa chasse. *Le Fourmi-lion*, INSECTE, n'est bien connu que depuis quatre-vingt ans ; le *Fourmi-lion*, POETE, ne l'est bien que depuis la révolution.

Francklin, quand il vint à Paris, n'avait jamais vu le *Fourmi-lion*, INSECTE ; j'en avais un sur ma cheminée ; je lui donnai le plaisir de voir jeter du sable sur une fourmi que je posai sur le bord du précipice. Francklin,

(*) Cette bagatelle nous a paru avoir besoin d'éclaircissemens. Comme il y en a d'une certaine longueur, nous avons cru bien faire de les séparer du texte. Ils ont pour but de détourner d'un jugement trop prompt, la malignité disposée à reconnaître des personnages que nous n'aurions pas eu en vue.

curieux de cet animal, me pria de le lui donner : il l'a emporté en Pensylvanie.

(B) PITT-*onique*, du mot PITT, nom du Ministre régnant en Angleterre, et qui a de nombreux partisans à Paris. On a cru pouvoir nommer PITT-*onique* engeance, tous les français qui, comme PITT, travaillent à la destruction de la République française.

C'est ce PITT qui, ayant lu cette courte harangue de GERMANICUS : *nil opus captivis ; solam internecionem gentis finem bello fore ;* a conseillé à ses goujats de ne point faire de prisonniers français, de tout tuer, d'éteindre la nation pour terminer la guerre. J'ai cité GERMANICUS ! ... C'est d'après ce Prince, tant pleuré, que PITT s'est conduit ! hélas ! qu'est-ce donc que le meilleur des Princes !

Les Apologistes de PITT pourraient cependant observer que cet ordre na pas été promulgué. Fort-bien ; mais il n'en existait pas moins : les faits l'ont prouvé, puisque nous n'avons pu mettre un terme à une pareille atrocité, qu'en déclarant hautement que nous userions de représailles.

Les Apologistes de PITT feraient mieux de dire qu'il n'emprunta le conseil de personne ; que c'est un usage immémorial chez cette nation féroce, de *tuer* tous ses ennemis. Du tems que ce peuple était en guerre avec son roi

Charles I.er, *le Parlement ordonna* de tuer tout Irlandais; et le prince *Rupper* donna le même ordre de son côté.

(C) *Et de cent mille Romanciers*
La masse anglo-diabolique.

ARTAPAX, PSCICARPAX, MÉRIDARPAX.

Les tréteaux en sont éreintés. Il y a de ces romanciers qui ont produit jusqu'à vingt-quatre volumes par mois; ce qui ferait par an deux cent quatre-vingt-huit. On a dit du célèbre *Tiraqueau*, ancien jurisconsulte, qu'il faisait « tous les ans, *un enfant et un livre* ». *Singulis annis, singulos libros ac liberos Reipublicæ daret.*

Il est question dans le *Menagiana* d'un certain *Brunet*, petit bourgeois de Paris, qui avait fait à sa femme vingt-un enfans, en sept fois de suite, trois à chaque fois; mais ce Brunet ne faisait point de *Livres*; il se contentait de l'essentiel.

Si *Tiraqueau* fut père, comme on l'a avancé, de quarante-cinq enfans légitimes, il aurait composé, à ce compte, quarante-cinq volumes. Bayle dit que « quelques écrivains qui ont particularisé le nombre, le réduisent à trente ». Il n'y aurait pas là de quoi s'étonner, ni du côté des enfans, ni du côté des volumes. D'excellens auteurs on fait plus de trente tômes pendant leur vie; mais on n'avait jamais vu, jusqu'à nos jours, une fécondité comparable à celle de nos romanciers. Phèdre est immortel pour un tout petit volume. On dit des productions de ces écrivains peu féconds, mais excellens : *non Numerantur, sed ponderantur.* Quant à celles de nos romanciers, le Public les compte, et l'Epicier les pèse.

(D) *Et ce rimeur celti-gallique*
Breché-ké-ké, baour-roc-brique.

Si nous avions vécu, *Baour* et moi, du tems des sept merveilles, et que nous eussions fait route ensemble sur la mer Carpatienne, pour le port de Rhodes; je lui aurais dit : *ne nous amusons point à critiquer le colosse* : c'est *Apollon* qu'il représente!... Notre petit équipage peut passer entre ses jambes, sans être humilié.

Baour, en jetant l'ancre sur le pouce de *Micromegas*, n'a fait que le chatouiller; cependant *Baour*, qui n'a point fait preuve de goût *jusqu'à présent*, et dont en général les idées sont incohérentes, a des vers remarquables. C'en est un très-bon que celui-ci :

« L'ennui que donne un sot, ne le gagne jamais ».

C'est l'une de ces sentences vraies, laconiques et bien tournées, qui restent à jamais gravées dans la mémoire. Boileau se serait applaudi d'avoir exprimé la même pensée aussi bien.

Ce vers n'est pas le seul qui mérite attention dans les satyres du citoyen Baour : son second mot en fournirait plus de dix.

Cependant nous pensons, qu'à la distance où il est de la perfection, il ne devait pas s'ériger en juge des poëtes de nos jours, à qui la littérature a le plus d'obligations, et se flatter de l'espoir de les décrier. Ce porte-à-faux a fait rire à ses dépens; parce que *rien n'est beau que le vrai.* Je sais que Baour avait été pincé; mais qu'est-ce que cela, sinon un avis de mieux faire ? un bon ouvrage a bientôt tué une épigramme. Quand nous sommes mordus, il faut remercier nos maîtres, et profiter de la leçon. Les bons ouvrages de Quinault repoussent la critique de Despréaux. Ce serait un beau triomphe pour Baour, si, traduisant de nouveau le Tasse, d'une manière à mériter les suffrages et la reconnaissance de la nation, il forçait au repentir l'auteur d'un quatrain trop sanglant pour qu'on l'oublie, et qui prendrait alors le caractère de l'injustice.

(E) *Qu'espère-t-il de son audace,*
Ce fier brigand, fils de Cacus ?

Ce n'est pas un Poëte, c'est une sorte d'Orateur saltimbanque, dans le genre de *Pi-*

tou-L'auxerrois. Royal désorganisateur, Jacobin *supposé*, son exagération le décèle, et prouve qu'il a passé d'un extrême dans un autre; qu'il cherche, (par des excès) à faire oublier les importans services rendus par les premiers sociétaires. Tout partager, c'est son système; tuer encore quelques millions d'individus, c'est sa péroraison. Le bureau central a son nom et sa demeure.

(F) *Voyez-vous ce grand Escogriffe, ect.?*

Jérémie. Il vivait 629 ans avant le Sauveur, il était sec comme une momie. Quand il empruntait, il ne rendait pas; non qu'il fût malhonnête homme; mais il n'avait pas le moyen de rendre. Il connut beaucoup le grand roi *Josias.* Il annonça la prise de Jérusalem à ses frères de Juda, et leur dit de grosses injures, ce qui ne plut pas infiniment; aussi le jeta-t-on dans un égoût dont il n'aurait pas été tiré sans la bienveillance des *grands Seigneurs.* Il prophétisa longuement, et se lamenta plus longuement encore.

L'histoire rapporte qu'il eut un songe. Il vit, ou crut voir deux paniers remplis, l'un de figues exquises, l'autre de figues détestables. Les *bonnes* figuraient la portion du peuple de Juda *en esclavage :* il se rangea de ce parti, *comme agréable à Dieu*; Les mauvaises figues étaient le symbole des reprouvés, demeurés à Juda.

Les rois de Juda, *Josias* et *Sédécias*, et leurs Ministres avaient e pour lui beaucoup de bontés; aussi parlait-il des rois avec reconnaissance. Cependant le panier de *bonnes* figues le rendit ingrat. Il laissa là *Sédécias* et ses frères de Jérusalem, *son pays natal*; et s'en fut partager la *servitude* de ses frères à Babylone, sous le superbe Nabuchodonosor.

Cependant s'il a pêché par la reconnaissance envers *Sédécias*, c'est peut-être parce que le fils ne valait pas le père; car nous sommes sûrs qu'il a pleuré son bon roi *Josias* dans un cantique. A tout pêché miséricorde : on ne peut pas pleurer tout le monde.

(G) *Hâtez-vous, regardez ce nain,*
Ce Nécroman, lunette en main.

HISTOIRE

DE KIA-TSING MARABOU-TSKY.

QUELQUES personnes ont pensé qu'il pouvait être question ici du grand-Albert : 1.° parce que l'on parle d'un savant; 2.° parce que le grand-Albert était tout petit, « si petit que » quelqu'un, qui le voyait pour la première » fois, crut qu'il était à genoux » ; tant on le supposait grand ! tant la réputation en impose ! !

D'autres ont cru qu'il s'agissait d'un *Lappon* ou d'un Samoïede. On s'est trompé; il s'agit d'un Chinois. Les sciences ressemblent à certains fleuves; elles s'engloutissent, disparaissent, se remontrent à des intervalles immenses, et semblent des nouveautés. Tout le monde sait aujourd'hui que trois mille ans avant que *Mongolfier*, *Pilâtre*, *Blanchard*, *Miolan* et *Garnerin* s'enlevassent avec des ballons, un Empereur de la Chine entreprit et fit avec succès un voyage aërien de plus de quarante lieues; il le fit même fort agréablement; car il partit entouré d'artistes, tous

Kia-tsing Marabou-tski 9.

portés dans des nacelles de lac et d'osier, où l'on exécuta une musique céleste.

Ce fut à cette époque que le petit Mandarin dont nous parlons, le savant Kia-tsing-Marabou-tski, se montra curieux d'aller par l'air jusqu'à la célèbre ville de *Thago*, où il verrait, » avec délices, un *Prince* et une *Princesse* » qui donnaient l'exemple à tous les autres, » quoi qu'il n'y en eût peut-être pas qui fus» sent dignes de les imiter ».

Il voulait en outre *s'assurer* de tout ce que tout le monde sait, qu'à une certaine hauteur on ne voit plus scintiller les étoiles.

Il se proposait de rapporter, dans une bouteille, « assez d'oxigène et de mofette, em» pruntés de la couche supérieure atmosphé» rique, pour en faire l'analyse ». Il proposa en conséquence à l'un des Aréonautes de commencer, comme un Aiglon, par un petit voyage. Mais à peine se vit-il à la hauteur de soixante mètres qu'il jeta sa lunette, comme Horace son bouclier, à la bataille de Philippes ; mais sans faire un aveu aussi naïf de sa peur. Il lui arriva même de laisser échapper, sans crépitation, par une voie cachée aux yeux, un air corrompu dont « *son cher Capitaine* » fut un moment suffoqué, et l'appela de dépit *Petosiris* (*), jeu de

(*) Petosiris, Œgyptius mathematicus, insignis Pli. L. 7. 49.

mot déshonorant pour l'habile mathématicien auquel il le comparait.

Kia-t-sing Marabou-tski descendit donc promptement avec son pilote, qui se promit bien de ne se charger jamais d'un pareil passager. Mais le petit Mandarin en avait assez fait pour qu'on parlât beaucoup de lui, et il n'en demandait pas davantage : il lui vint même à l'esprit et il se glorifia d'avoir parcouru dans l'espace une aussi longue route que *le Chevalier de la triste figure*, monté sur CHEVILLARD. (*) l'Empereur sut l'aventure, et en rit beaucoup à son souper. Je m'étonne, dit le prince, qu'on me fasse payer si cher les almanachs et l'orviétan de cet homme là. Je ne pense point que ce soit lui qui ait découvert une huitième planète à notre tourbillon. Non, Sire, dit un convive : Je ne pense pas qu'il ait jamais rien découvert ; ce n'est pas même lui qui dresse vos Ephémérides. Vous avez à votre Observatoire un petit homme *pauvre*, qui se vante beaucoup moins, et qui en sait beaucoup plus. Marabou-t-ski a moins fait pour les sciences que *le premier qui a taillé une plume*.... En ce cas, reprit le roi, c'est trop de cinq traitemens pour Marabou-t-ski : j'en ôte quatre : j'en donne un à mon modeste et pauvre ob-

(*) CHEVILLARD, cheval de bois qui ne voyagea que dans l'imagination de DOM QUICHOTTE.

servateur, Yaurat-ki, pour améliorer son sort. Je promets les trois autres à quiconque me menera par l'air, en vingt-quatre heures, chez le peuple dansant, qu'on appelle les Séquanais. Je suis curieux de voir un des dix feux d'artifice qu'ils tirent deux fois en dix jours, dans dix Jardins différens, depuis dix ans de guerre.

SUITE.

(H) *Fier d'être vu par le chemin,*
Comme LA REINE DES TORTUES.

Il est naturel d'attribuer cet orgueilleux sentiment à Kia-tsing Marabou-tski ; parce que rien n'approche de la vénération que les Chinois ont eue pour la Tortue. *Paw* dans ses recherches sur les *Chinois*, dit qu'ils la consultaient comme l'un de leurs plus grands oracles. « Elle pré» disait la pluie et le beau tems, les *grands* » hyvers, le retour des comètes, et les éclip» ses totales. » Cependant Sénéque et Diodore de Sicile ont dit que les Egyptiens et les Caldéens en savaient plus à cet égard, que la *Tortue* ; qu'elle n'avait fait que se traîner lentement à la suite de nos savans Bergers des premiers âges du monde, et que Marabou-tski n'avait pas une allure plus vive que la prophétesse, son digne emblême.

Ægyptii accuratissime siderum constitutionem et motum observant, et descriptiones singulorum per incredibilem annorum numerum custodiant. etc., etc.

Terræ quoque diluvia, ortus que Cometarum, et quorum cumque cognitio humanam excedere facultatem vulgò putatur, ex longi temporis observatione prœnoscunt. Diodo. Sicul. Bibliot. Historicâ. Amst. 1746.

Ainsi la Tortue, au lieu de tant allonger le nez, ferait mieux de se renfermer modestement dans sa coquille.

L'apanage des vrais savans, c'est la modestie et le doute; le modèle de l'orgueil, c'est Marabou-tski; le modèle des savans modestes, c'est Montucla. Francklin était de cette seconde étoffe.

Laissons les idiots se prosterner devant les Babyloniens. La ci-devant patronne de Paris, faisant la pluie et le beau tems, la Flore des anciens Romains, les Hydroscopes, les Sorciers, les diseurs de bonne aventure, tout cela n'est bon que pour la classe du peuple abruti par les Magiciens descendans de Moïse: *Ad populum phaleras.* Je n'aime point à voir la tête d'Isis sur le corps d'un Escarbot.

(1) *Lamentin*, bête à la grande dent. « C'est un gros poisson dont la tête est hideuse: c'est une espèce de BIPÈDE, *animal à deux pieds*,

sans plumes, qui fit dire à Ray, que si Diogène avait connu cet animal, il n'aurait pas eu besoin de plumer un Coq pour avoir un bipéde sans plumes. C'est un pleureur qui n'est pas dangéreux. Les Caraïbes le harponnent et s'en régalent ».

(K) *De* GUILLOT *prenant la houlette,*
Loup-berger parmi les moutons.

Les premiers Sociétaires ont certes rendu de grands services à la Patrie, et il reste bon nombre de ces rameaux de l'ancienne souche. Mais au milieu des Sociétaires renaissans, ne s'est-il pas glissé *quelqu'un* de ces trompeurs adroits que *Lafontaine* appelle *sycophantes*, Loups-bergers parmi les agneaux? La vertu est simple et crédule, elle est douce comme un mouton, témoin *Brissot*.

Il s'élève une question sur le mot *Guillot*: il excite des doutes, et donne lieu à des conjectures. Il y a des gens qui disent que *Guillot* est là pour un autre personnage dont le nom est de deux syllabes. Pour savoir si telle est l'arrière-pensée de l'auteur, il faudra le lui demander.

Le Loup s'affubla, comme on sait, d'une *jacquette* pareille à celle de Guillot, et s'arma d'un bâton figurant le sceptre du Berger; mais il se trahit par son ton de voix, et la nature de sa motion, au milieu des brebis. Le vrai Guillot s'éveilla ; le loup-berger voulut fuir et s'empêtra dans son hocqueton. Les gardiens du troupeau firent ses funérailles. Le bonhomme *Jean* nous a laissé son oraison funèbre.

(L) *Et qui d'un papier chimérique*
Sans cesse encombre le trésor.

La pénurie des finances est occasionnée par le manége d'un grand nombre de Percepteurs. Ils achètent des *mandats* et des *bons*; le Sous-receveur en achète à son tour, et puis le Receveur général ; car on ne veut point du *papier* des *contribuables* ; on ne veut que de celui des *agioteurs-correspondans*. Le ministre des Finances connaît aujourd'hui une partie de ces hommes inhumains et sordides, par qui tout le numéraire est repompé et enfoui, et qui ne versent au trésor que des mandats. Il y a d'honnêtes gens par-tout, et j'en connais ; mais le nombre n'en est pas grand.

Quant au prêt sur nantissement, c'est une institution salutaire ; mais pourquoi ne fait-on pas la chasse à ces prêteurs partiels, gens cachés, dont le prêt usuraire achève de ruiner les malheureux ? Ce sont plutôt des *receleurs* que des dépositaires charitables ; ils donnent aux enfans et aux domestiques la facilité de voler à leurs parens et à leurs maitres des bijoux qu'un orfévre ne recevrait pas sans explications.

(M) *Hispo*, *Narcisse ou Tigillin.*

Narcisse et Tigillin sont connus; Hispo l'est peut-être moins.

Les historiens donnent cet *Hispo* pour un homme de rien, « *le premier* qui réussit à » s'enrichir par la calomnie, en faisant naitre » de fausses alarmes, et qui donna l'exemple » à beaucoup d'autres. Voici ce qu'en dit » *Tacite* »:

Nec multo post Granicum Marcellum prœtorem bithiniæ, quæstor ipsius Cœpio Crispinus majestatis postulavit; suscribente romano Hispone, qui formam vitæ iniit, quâ posteà celebrem miseriæ temporum et audaciæ hominem fecerunt. Egens, ignotus, inquies, occultis libellis sævitiæ principis abrepit : dedit exemplum, quod secuti, ex pauperibus, divites, ex contemptis metuendi, perniciem aliis, ac postremùm sibi invenere.

Juvénal parle d'un *Hippo* qui ne valait pas mieux.

Hippo subit juvenes, et morbo pallet utroque.

On peut lui donner pour pendant ce *Cris-*

pinus, parvenu au point de jeter nonchalamment sur ses épaules la robe prétexte. *Crispinus tyrias humero revocante lacernas.*

Je ne me rappelle pas dans quelle satyre le même poëte fait la critique d'un baigneur devenu un impudent *Monsieur.*

Nous avons vu de nos jours la même farce. Un perruquier parvenu a donné trente mille francs à une femme pour une nuit!

(N) *Ces Gitons et ces Proxénètes, etc.*

On est libre de dire que j'exagère, que je substitue ici les mœurs des Romains corrompus à celles des Français de nos jours; que je donne pour nôtres des peintures volées aux anciens modèles. Il est sûr que je m'y frotte toujours un peu avant que d'écrire: je ressemble à ce grenadier qui, passant devant le tombeau de l'un de nos guerriers les plus célèbres, tira son sabre, l'aiguisa sur la pierre qui recouvrait le héros, et se sentit plus brave de moitié. Au reste si les vices dont je parle ne nous appartiennent pas, si vous les croyez empruntés des siècles antérieurs, tant mieux. Rendez *aux Césars* ce qui est aux Césars: un vice de moins sur la quantité, ce n'est pas un gros gain. Mais.... mais, *novimus et qui te*, etc.

(O) *Erisicthon*. Il ne faut pas le confondre avec *Erycthon*, comme il est arrivé dernièrement à un rimeur, qui donne à Erisicthon des jambes de serpent. C'est *Erycthon* et non pas *Erisicthon* que l'antiquité nous donne pour le produit monstrueux de la mal-adresse de Vulcain, au moment où il aspirait aux faveurs de Minerve. *Ericthon* naquit *ex certamine atque humo*. Il est l'inventeur des cabriolets. Soit qu'il eût les jambes torses comme son père, ou celles d'un satyre, le char lui devint favorable, parce que, n'y étant vu qu'à mi-corps, il cachait sa difformité. Ainsi les femmes contrefaites inventent les modes.

Quant à *Erisicthon*, ce fut un Prince que les Dieux punirent pour avoir abattu *un chêne*, d'autres disent, tout un bois consacré à Diane.

. . . . . . « In que virum convertit ab arbore ferrum,
Detruncat que caput, repetitaque robora cœdit.

(P) *Robert-son*. On peut, sans lui faire injure, le comparer à la pythonisse d'Endor. Son art prouve que les secrets se retrouvent. Ceux qui ont abusé de la confiance de Robert-son et annoncent en public le même spectacle, l'imitent.... comme le Singe imite l'Homme!

(Q) *Liberté ! volez , nom divin ,*
Allez croissant : charmez l'oreille ,
Ranimez Echo qui someille
Aux pieds des murs de Constantin ,
Et que l'univers se réveille !

J'ai une sorte de vanité que je crois permise à un républicain ; c'est de prendre date , en fait de prédictions , lorsqu'elles ne ressemblent point à celles de l'astronome Chinois , et que leur accomplissement est vraisemblable. J'espère toujours voir se réaliser ce que j'ai dit et imprimé en 1790. « Vous tomberez , infâme » *Jadicula !* l'exemple en est donné. Depuis » trop long-tems vos sept tours , la honte du » Bosphore et de l'humanité , souillent de leur » image les flots du Pont-Euxin et de » la propontide ».

Neuf ans après la chute de la Bastille , on a vu des hommes qui n'eurent aucune part à ce triomphe , écrire , parler comme s'ils eussent renversé cette prison de fond en comble. Sans doute le titre de *Vainqueur de la bastille* a des droits à notre reconnaissance ; mais il faut l'avoir acquis , et ne pas ressembler à ce poltron, faisant le brave , qui fuit, et ne reparait que quand le voleur est mort.

Cedo , inquit, illum; jam curabo sentiat
Quos attentârit.

Poëte philosophe, *Milon*, renfermé à la Bastille en 1780, n'avait pas attendu sa chute pour accabler d'imprécations les tyrans qui l'avaient fait bâtir, et ceux qui nous y engloutissaient.

Cependant combien de sincères amis de la liberté ont perdu de leur crédit, faute d'être aussi impudens que ces *sapeurs de nouvelle date !*

Au reste ce n'est pas une chose ordinaire que de déclamer contre les prisons, dans les prisons mêmes; et puisque l'occasion se présente d'en faire la remarque, je donnerai ici une preuve curieuse d'une vérité incontestable, que les Lions en cage perdent beaucoup de leur vigueur et de leur férocité.

Peu d'hommes ont ressemblé à *Mirabeau*. *Linguet* emprisonné, *s'abâtardit*. Voici de plats vers qu'il fit à la Bastille en 81, à la naissance du second enfant de Louis XVI. On peut être sûr qu'ils sont bien de Linguet, cet homme si satyrique et si sanglant dans ses feuilles! Je les tiens de son ancien correspondant, de son ami *Le Quesne*, et je les ai lus depuis dans les bureaux de *Lavrilliere*, à qui ils étaient adressés pour le Roi.

« J'apprends de ces canons, qui *roulent* sur
ma tête,

» *En ébranlant tout mon plancher,*
» *Que la Reine vient d'accoucher;*
» Qu'un Dauphin, nouveau-né, *met le Royaume en fête.*
» Louis, c'est le tems du pardon!
» Permets, pour te fléchir, que j'implore le nom
» Du gage précieux qui *grossit* ta famille.
» *De montrer du plaisir mon cœur français pétille;*
» Mais, en conscience, peut-on
» Se réjouir à la Bastille »?

Voici la Lettre d'envoi :

« Monseigneur,

» On m'assure que personne ne sait où je » suis ; et je n'ai pas de peine à le croire. Mais » le Roi, vous et moi *sommes du secret;* » ainsi vous ne serez pas surpris *de la rime* » *de ces vers :* je vous prie de vouloir bien les » *remettre* aux pieds de Sa Majesté, avec les » vœux *du plus indiscret peut-être*, mais » aussi du plus soumis et du plus infortuné de » Ses sujets. Le moment est favorable pour

» obtenir une grâce : *le reste de ma vie sera*
» *employé à la justifier* ».

Je suis avec un profond respect,

Monseigneur,

Votre très-humble et très-obéissant serviteur,

LINGUET.

Ces plats vers, qui annonçaient combien Linguet avait perdu de son énergie, ne firent cependant pas fortune. *Lavrilliere* se souvint de la Panthère tombée *dans un trou*. Des bergers lui avaient jeté du pain, d'autres lui avaient jeté des pierres : au sortir du piége, elle étrangla ces derniers, disant : *memini qui panem dederint; sed memini qui me saxo petierint; illis revertor* Hostis.

(R) *Vengeur des célestes flambeaux*,
Dupuis, *etc*.

Les anciens poëtes portaient les Empereurs au-delà des nues; témoins Virgile, Lucain, etc. Ils plaçaient des monstres au rang des astres; ils en faisaient des constellations. Nous nous y sommes pris différemment : nous avons emprunté les rayons du Soleil, pour en entourer la tête des hommes, et des *animaux* que nous avons voulu sanctifier ou diviniser. Jésus et son mouton ont eu chacun une auréole. Il en est dépouillé enfin, le petit agneau sans tache ! On lui a même enlevé sa toison ; sa laine a été trouvée plus douce et plus belle que celle de Ségovie et d'Astracan. Ce manége dure depuis quelques années : aussi chaque tondeur s'en est fait, *qui* un pourpoint, et *qui* un petit matelas.

Plus philosophe que tous les autres, Marabou-tsky a frisé l'indécence : sa part de toison lui a servi à se faire tisser un haut-de-chausses. Ah ! frère ! *est modus in rebus* : les dévotes ont crié au scandale quand elles ont vu des ânes couverts d'une chasuble. Mais à quoi bon se récrier ? frère Marabou-tsky veut quelque chose qui le distingue, qui le fasse remarquer. Si Dieu était corporel, il y a long-tems, qu'à force de lorgner, il aurait connu son costume, et se serait montré sous sa céleste enveloppe. Désespéré de ne pouvoir le découvrir, ni le comprendre, il a trouvé moyen de se venger de l'audace que Dieu a eu de mettre des bornes à son entendement. A l'aide d'un alpha-privatif, il l'a dépouillé de son existence, de son crédit, de sa réputation : c'était la seule manière de réussir à marcher de pair ensemble.

Cæsar in urbe suâ Deus est, dit Ovide,
.... *Properata que gloria rerum*

In sidus vertere novum Stellam que comantem
Quam sua progenies, etc.

Cependant nous ne nous sommes pas contentés des auréoles ; nous avons eu recours aussi au genre de flatterie des anciens.

Au mois de Décembre 1781, parut, dans un Journal, une Ode latine, dans laquelle l'auteur disait :

» *Fulget en lassis velut alba nautis*
» Stella, *Delphinus !* »

Félix Nogaret écrivit dans le tems à M. de *Mouraille*, secrétaire perpétuel de l'Académie des Sciences et Beaux-Arts de Marseille, une lettre qui faillit le perdre. *Félix* lui disait :

VOUS savez les transports de nos Badauds joyeux :
Le nouveau né devient une étoille nouvelle ! !...
Vil flatteur ! qu'as-tu dit ? Hélas ! dans ces bas lieux,
Le feu n'a point encor jailli de sa prunelle !
Il ouvre, sans y voir, un grand œil nébuleux ;
C'est un enfant. -- « Monsieur ! au trône Dieu l'appelle !
» Un jour il peut payer nos vers à nos neveux...
» C'est un flambeau de plus qui brille dans les cieux ».
Dieu des vers ! Quoi ! tes fils ! etc., etc.

Nous avons fait plus que de diviniser les Rois ; nous les avons mis au-dessus de la Divinité même. Je ne sais si ce que je vais dire est un rapprochement neuf ; mais il est frappant, et prouve bien la vérité de ce que j'avance. Pour crime de Lèse-Majesté *Divine* on n'était que brûlé ou pendu ; pour crime de Lèse-Majesté *Humaine*, on recevait du plomb fondu dans vingt plaies faites par le bourreau, sur les bras, les jambes et les cuisses ; et puis on était écartelé. C'est avoir peu de pitié d'un homme, que le péril auquel il s'expose indubitablement, ne rend digne que des petites maisons. Un pareil assassin est moins criminel que l'assassin d'un particulier sur une grande route ; car celui-ci a toute sa tête, *et agit pour son intérêt propre :* l'autre n'est qu'un énergumène qui *s'expose pour l'intérêt des prêtres.*

D'où vient donc la différence que l'on met entre le supplice de l'un et de l'autre ? C'est que la flatterie a considéré comme plus atroce de tuer un Roi, qu'un particulier.

Si vous me demandez ensuite pourquoi les crimes de Lèse-Majesté *Humaine* étaient plus cruellement punis que ceux de Lèse-Majesté *Divine :* je répondrai que les Rois donnaient des pensions et des bénéfices, et qu'il n'y a rien à espérer du Bon-Dieu.

On a divinisé enfin.... (car c'est ici, comme à la foire, toujours de plus fort en plus fort), on a divinisé nos pains azymes, pains ronds comme une lune, et de la même couleur. Mais quoique la Lune soit infiniment adorable, ainsi qu'il est prouvé par Endymion et par les Turcs, les prêtres ont senti qu'il y avait autant de différence entre la Lune et le Soleil, qu'entre

Vénus et Jupiter aux noirs sourcils ; qu'il n'y a pas à rire avec la Divinité ; qu'on folâtre au clair de la lune, tandis qu'on est pénétré d'admiration, de reconnaissance et de respect en voyant le Soleil. Donc mettant à profit ce qui frappe les sens, ils ont encaqué ledit pain entre deux verres de Bohême, bordés d'un cercle d'or ou de vermeil, rayonnant de toutes-parts comme un Soleil. L'habit ne fait pas le moine ; mais il le pare bien. A l'aspect de cette effigie du père des saisons et du Bienfaiteur de la nature, le peuple s'est prosterné et il a eu raison.

Mais, bourreaux que nous sommes, *adorateurs du Soleil*, il ne fallait donc pas quitter notre continent et traverser les mers, pour immoler par milliers nos frères d'Amérique, les *adorateurs du Soleil* ! Il ne fallait pas mettre des Rois sur le gril, faire manger *par des chiens* les habitans du Pérou et du Mexique, et puis faire des pensions à ces chiens, leur vie durant ! Il ne fallait pas, après avoir martyrisé des hommes qui adoraient comme nous le Soleil, enlever leurs Soleils, parce qu'ils étaient d'or massif ! Aussi le mal honteux, chanté par Fracastor, a-t-il été le salaire des auteurs de ces vols et de ces massacres. Les aumôniers qui les encourageaient ont rapporté ce mal avec eux par devant et *en croupe*.

Cependant tous ces grands et petits Soleils

ont enfin été à la monnaye. Les prêtres ont crié, dans le tems, *à l'impiété* : ce cri n'était qu'une farce. Ils ont traité de nouveauté sans exemple cette mesure nécessaire : *mensonge*.

« En 1546 parut en Français un livre d'A-
» vertissement, que ce serait un grand profit
» de faire un inventaire de toutes les *reliques*,
» desquelles les Papistes font tant de cas en
» France, en Italie, en Allemagne, en Es-
» pagne et autres pays. L'auteur y découvre
» non-seulement l'abus et l'*idolâtrie* qui s'y
» commettent, mais aussi les *mensonges*, toutes
» patentes de prêtres, quand en divers tem-
» ples, villes et pays, ils disent avoir *une*
» *même relique* ». Beze qui parle de ce livre, dit que « l'intention de l'auteur était de l'aug-
» menter » ; qu'il tançait aucuns de ses fami-
» liers et amis, de ce qu'ils n'avaient pas
» recouvré plus amples mémoires de telles
» choses. Toutefois, ajoute-t-il, *quant à la*
» *France*, il n'y a plus guères à craindre pour
» cet endroit-là, DIEU MERCI. *Car la guerre*
» *a été tellement occasion d'ôter, arracher*
» *et briser* tant de fatras, qu'il ne reste plus,
» sinon des *prie-Dieu. Qu'il lui plaise* par un
» moyen plus doux aux peuples de la terre,
» *ôter ce qui est encore demeuré de ces reliques*.

Le vœu de l'auteur est accompli. Mais c'est trop nous entretenir de reliques, de bûchers, de potences dressées par les mêmes hommes qui ont béatifié, canonisé, sanctifié, divinisé des Monstres.

Almæ progeniem veneris canemus.

Parlez, ah ! parlez-moi de chiffres amoureux,
De billets, de Quipos d'un messager fidèle,
De chansons, de baisers aussi doux que nombreux ;
Du bonheur, du plaisir qui se peint dans les yeux
D'une nymphe sans fard, aussi tendre que belle.

Divinisons les jolies femmes ; renonçons aux prêtres, exerçant des actes de barbarie au nom de Dieu ; et laissons les Louvetaux sallir de leur bave les rubans dont on les décore, pour nous les faire trouver grands sous l'ordure qui atteste leur petitesse et leur misère.

(S) *Prouve que la confession*
A multiplié tous les crimes.

Nous ne parlons ici que des ouvrages dont les auteurs ont, depuis la révolution, répondu *au vœu de la philosophie, en payant le tribut de leurs lumières.* Voyez une brochure du citoyen Palissot, intitulée : *Questions importantes sur quelques opinions religieuses*, ouvrage composé et réimprimé plusieurs fois *depuis la révolution.* Cette brochure a fait *un très-grand bien dans les campagnes.* Combien d'hommes se sont tu, qui auraient pu parler, qui le devaient, d'autant plus qu'ils reçoivent de la nation *la pension d'encouragement des gens de lettres!* Mais la plupart figurent dans l'une et l'autre République, comme l'Eunuque de *Piron* au milieu du sérail.

» *Il n'y fait rien, et nuit à qui veut faire.* »

Ainsi Palissot aura vainement combattu la superstition, les préjugés, l'erreur!... Des automates organisés pour dire : *il fit la guerre à la philosophie*, ne cesseront de répéter ces mots comme des machines! Toujours se renouvelleront chez nous des injustices et des sottises du même genre! C'est avoir su « *se faire un front qui ne rougit jamais.* » Nos neveux rougiront pour nous.

Je ne puis résister au désir d'extraire de cette brochure dont je parle, un passage curieux, et qui seul suffirait pour faire prendre en horreur tout Cénobite.

« *J'ai lu*, dit Palissot, chez un chartreux, » dans une espèce de décalogue *encadré*, » en vers platement barbares :

» *A tes parens ne penseras*
» *que pour les haïr saintement* ; »

Ce qui se trouve d'accord avec les paroles que cite l'auteur, paroles si souvent répétées dans les chaires par les juges liant et déliant tout sur terre et dans le ciel avec un *absolvo* ou un *maledicat vos.*

Foule à tes pieds ton père et ta mère, écrase-les, et passe ton chemin :

» *Per calcatum perge patrem, percalcatum » perge matrem.*

Il faut croire que ce chartreux, et ces confesseurs - prédicateurs parlaient de pères et mères qui n'étaient pas dans le giron de l'église. Quoiqu'il en soit, il n'appartient qu'à des *Sages*, qui craignent la renaissance des abus et des parricides, de nous éclairer par de semblables citations. Les partisans de *Tullie*, les admirateurs de *Joad* ne déclameront pas contre eux. Pourquoi de tels Israëlites désapprouveraient-ils des massacres faits *au nom de Dieu ?*... *Joad* tue sa reine, et met *Joas* sur le trône. *Joas* tue *Zacharie*, fils de celui qui l'avait couronné. *Joad* est prêtre, *Joas* est roi : l'un est l'image de Dieu, l'autre est son *interprète !* Vous voyez bien qu'ici on ne peut qu'admirer et se taire.

. . . . . « Jusqu'aux simples mâtins,
» De pareils égorgeurs sont tous de petits Saints ».

Réformer les abus, c'est tondre le pré des moines. HARO ! disent les Loups.

(*S bis*) *Perturbateurs des grands juris*
Dont ils dérangent la balance.

Ecoutez ce que dit *Gresset :*

« Pour perdre un Sage il ne faut qu'un bigot ».

Jugez maintenant de l'effet par le nombre!

(T) *Vous dont Swarow est l'espérance!*

Je suis persuadé que dans nos momens de crise, il n'y a pas eu un républicain qui ne se soit écrié : « Quelle gloire de reprendre sa liberté » par une victoire! Que la servitude est af- » freuse, quand on y retombe par une dé- » faite! » *Quàm decora victoribus libertas! Quanto intolerantior servitus iterum victis!*

Il faut savoir mourir quand la liberté est perdue. Les peuples qui bordèrent avant nous les deux rives de la Seine eurent leur *Caton*.

Sacrovir, défait sans espoir de ressources par les troupes de Tibère, se réfugia dans Autun, et s'y tua de sa propre main. Ceux qui l'avaient suivi, mirent le feu à la maison, et se poignardèrent.

Je cite cet exemple, parce qu'il en résulte une étonnante disparate. Voici quelques-uns de nos ancêtres, gens grossiers, qui aiment mieux mourir que d'être esclaves des *Romains!*... Et parmi nous il se trouve des hommes assez vils ou assez traîtres pour désirer d'être asservis, par qui? par des *Russes!* La postérité le croira-t-elle?

(U) *Apprenez que la poésie*
Peut être utile au genre humain.

Cette assertion n'a pas besoin de preuve. D'anciens ouvrages de poésie *morale* sont trop connus pour qu'on les cite : d'ailleurs c'est au tems actuel que nous nous attachons : Certes depuis dix ans les événemens remarquables ont donné lieu à tant d'hymnes et de poésies *philosophiques*, qu'on en composerait vingt Recueils, dont un seul convertirait le globe, s'il lui servait de catéchisme.

Il en sortira un incessamment du Conservatoire de musique, chargé d'embellir les chants moraux et civiques, demandés par le Ministre de l'Intérieur à des hommes de lettres d'un talent reconnu. *Ducis*, *Andrieux*, *Ginguené*, *Parny*, *Macherault*, ont répondu à son vœu. Déjà il existe une collection de ce genre chez le libraire *Chemin*. Elle est d'autant plus utile qu'on y trouve d'excellentes gaités *philosophiques*, telles que la *grande pétition du fanatisme*, par *la Chabeaussière*, et la *Pâque naturelle*, par *Piis*. C'est faire l'éloge des autres productions qui y sont contenues que de nommer *Désorgues*, le sage *Ballier*, *Davrigny*, *Simon de Troyes*, *Neufchâteau*, etc.

Si nous avons un regret, c'est qu'on n'y ait pas inséré quelques-uns des hymnes du citoyen *Carré*, ce poëte de Toulouse, trop éloigné de la grande commune, et d'ailleurs trop modeste pour publier des chants souvent aussi soignés et quelquefois plus brûlans que les nôtres.

On n'y aurait pas vu avec moins d'intérêt diverses pièces lyriques, pleines de feu, du citoyen *Leclerc*, jeune auteur d'une tragédie *patriotique*, bien écrite, (chose rare) et jugée du plus grand intérêt par les meilleurs critiques en ce genre.

Egayons cette note par une citation à l'appui de ma thèse.

Rien n'est plus philosophique, plus destructif de l'erreur, et plus gaiment écrit que le passage suivant, extrait du poëme intitulé : le CONSISTOIRE.

Clopinel, prêtre *assermenté*, est accepté pour marier deux époux que ne veut pas unir *Crouton*, prêtre *réfractaire*. La cérémonie terminée, Clopinel, qui se propose de porter quelque part le viatique, veut mettre furtivement le ciboire dans sa poche. Le sacristain *Grégoire* l'apperçoit, croit qu'il le vole et veut l'en empêcher. Combat terrible entre les deux champions.

. . . . . . « Le *Grégoire* un peu crâne,
Sur le vase sacré porte une main profane.
Dans ce terrible choc, sur le pavé poudreux,
On voit rouler soudain trois douzaines de Dieux.
Trois douzaines !... plus un. O scandale effroyable !
Grégoire à cet aspect jete un cri lamentable,
Et les deux champions interdits, consternés,
Tombent sur les genoux et restent prosternés.
Attiré par leurs cris, un jeune militaire
S'avance, voit leur trouble et, sans plus de mystère,
Rassemble les fuyards, et tenant à la main
Le vase abandonné, les rentre au magasin.
» Enfans ! ne pleurez plus, la récolte est complette ;
» Tous les joujoux sont là dans la boîte à Perrette.
Il le croyait, hélas! il était dans l'erreur :
Un bon Dieu, plus alerte et plus léger coureur,
Avait roulant au loin, dans sa marche pressée,
Près d'un trou de souris donné tête baissée.
Finette s'en saisit, et rend grâces aux Dieux
De ce dîner friand qui lui tombe des cieux :
Elle y porte la dent. O surprise imprévue !
Clopinel l'apperçoit, et l'ame toute émue,
Arrête... c'est ton Dieu que tu vas profaner !

La souris n'en tient compte, et veut toujours dîner.
Le prêtre récidive et dit : Souris impie !
Lâche ton créateur ou je t'excommunie....
Finette, en cet instant le tenait par le cou ;
Elle quitte sa proie, et rentre dans son trou.
On reprend le croquet ; mais la vorace bête
Avait du Dieu vivant déjà grugé la tête !...
Consolez-vous chrétiens ! s'il y manque un quartier,
Jésus, dans ce qui reste est encor tout entier ».

Les philosophes qui ont lu ce poëme *héroï-comique*, savent *qu'il peut tourner au profit du genre humain*. Il est dommage que le reste ne soit pas aussi remarquable, et qu'il y ait de l'incorrection et de l'inégalité. Mais une bonne page vaut souvent mieux qu'un gros livre.

Je sens à combien de reproches je m'expose en ne désignant pas à la reconnaissance nationale tant d'autres littérateurs qui la méritent. Aussi n'est-ce pas sans regret, qu'en composant cette épitre, j'ai reconnu l'impossibilité de faire entrer dans un si petit cadre, les portraits de beaucoup de poëtes et de *prosateurs* qui ont eu le courage de se donner des droits à la haine des ennemis de la liberté.

Auteur du *voyage dans les départemens*, et peintre des vertus de nos héros morts en combattant pour le salut de la république,

Lavallée aurait joint notre suffrage aux applaudissemens que lui ont mérités les productions diverses, tant en vers qu'en prose, qu'il a prononcées en public. J'aurais parlé de *Daru*, de *Gentil Vilette*, de *Sylvain Maréchal*. O Camille ! pourquoi, si jeune encore, as-tu cessé d'être au nombre des défenseurs de liberté !

Quelles obligations n'avons-nous pas à ces hommes, parmi lesquels on distinguera *Corbigny*, dont la plume dirigeant le burin, consacra sans intérêt, les événemens de la révolution les plus remarquables, et qui s'occupe encore à mettre sous nos yeux les combats mémorables où les français se sont couverts en Italie d'une gloire immortelle !

Si nous n'avons qu'à nous féliciter de la plus grande quantité de citoyens dont les nouveaux écrits annoncent le dévouement à la cause commune, je n'éloignerai pas de ma pensée, *Manuel*, professeur naturaliste, non moins agréable qu'utile à tous les âges, qui nous a donné pour gages de civisme, *l'étude de la nature en général, et de l'homme en particulier, l'histoire naturelle des animaux les plus connus moralisés, un discours sur les institutions républicaines*, un poëme *sur la parole. etc. etc.*

Te nommerai-je, ô Garat ? oui, et je jouis de penser que tu ne dédaigneras pas de voir ici ton nom associé au nôtre. Les talens protecteurs de la liberté n'ont pas tous la même élévation, mais tous se cherchent, s'unissent, s'entrelacent, et composent leur beauté de ce rapprochement : c'est le bosquet touffu d'arbres inégaux,

Quâ pinus ingens, albaque populus
Umbram hospitalem consociare amant ramis.

Venez donc, vous que je n'aurais point appelés, et qui méritiez de l'être ; venez, de vous-mêmes, vous placer dans nos rangs. Nous avons eu, nous avons encore deux milices républicaines, l'une armée de la plume, et l'autre de l'épée. Qui pourrait nommer tant de soldats morts au champ d'honneur, et tant d'autres qui se précipitent encore sur l'ennemi à la tête de nos phalanges ? Qui pourrait citer tant de propagandistes, poëtes, orateurs, dont les jours se sont éteints d'une manière si cruelle.....? Qui pourrait connaître tant de défenseurs du même genre disséminés dans la grande commune et dans tous les Départemens !

(V) CHÉNIER, poëte *tragique*, inventeur de la tragédie *nationale*, auteur du *chant du départ*, et de plusieurs autres hymnes qui respirent l'enthousiasme de la liberté.

Son dialogue entre PIE VI et LOUIS XVIII n'est pas moins utile, dans un genre moins grave. On pourra dire aussi de lui :

» Les grâces et la véhémence
» Se marialent dans ses couleurs ;
» Et, par une heureuse inconstance,
» De son esprit, en abondance,
» Sortaient des foudres et des fleurs. «

(X) *Duval, égayé par Thalie,*
A su chausser le brodequin.

Il ne faut point le confondre avec *Amaury* Duval, l'un des traducteurs de *Spallanzani*, et rédacteur de l'article, constamment remarqué dans la décade, (la *politique.*)

Il est question ici *d'Alexandre* Duval, auteur, et acteur du théâtre de la république.

La scène comique, (si l'on met à part les petits théâtres) n'offre pas grand monde à citer en fait d'auteurs républicains : *sunt rari nantes.* Triomphe, *Desglantines !* tu nous as donné le *convalescent de qualité* : tu vis dans tes ouvrages. *Louvet*, *Pujoulx*, *Picard* méritent aussi d'être cités. *Duval* a plus constamment écrit dans le sens qui mérite nos éloges. Il est vrai que la plupart de ses pièces sont en *prose*, et que, en le citant, j'ai l'air de m'écarter de ce que j'avance, que la POÉSIE *a été utile au progrès de la liberté* ; mais la poésie n'est point étrangère au citoyen Duval : nous avons de lui, (en prose, coupée *de vers lyriques*), le DINER DES PEUPLES, la REPRISE DE TOULON, ANDROS ET ALMONE, LA VRAIE BRAVOURE, le PRISONNIER, qu'il suffit de citer pour qu'on s'en rappelle des couplets infiniment agréables ; le CAPITOLE SAUVÉ, grand opéra, reçu et non joué ; le DÉFENSEUR OFFICIEUX, comédie *en vers*. Nous savons de plus que le public jouira incessamment de plusieurs pièces de lui, toutes *en vers*, et qui sont maintenant à l'étude. Enfin le RETOUR DU SOLDAT, morceau de *poésie* de sa composition, inséré dans la Décade Philosophique, prouve que nous avons eu raison de citer le citoyen *Duval* comme poëte républicain.

(X bis) *Chaussard*. On a de lui beaucoup d'ouvrages en vers et en prose, qui annoncent des connaissances dans la politique et dans les arts. Il paraît dans ce moment un nouvel ouvrage de sa composition, qui a pour titre : *De la Maison d'Autriche et de la Coalition*, ou *Intérêts de l'Allemagne et de l'Europe*. Déjà on lui avait l'obligation du *Manuel de l'Homme d'Etat*, ou *Esprit de Mirabeau*, et d'un Essai philosophique sur la dignité des arts,

(Y) *Pomereul*, officier de génie qui a fourni divers articles à l'Encyclopédie.

(Z) *Dans un poëme raisonné*, *etc.*

L'hipocrisie et l'intérêt ont déclamé contre *Parny;* mais prenons garde que se moquer d'un Dieu *corporel*, tel qu'on le peignait dans nos églises, avec une longue barbe et les accessoires; ce n'est point s'en prendre à l'être *invisible*, au Dieu *inconnu*, que révérait Ciceron. Le SAGE, pour qui *Dieu* est *incompréhensible*, brise, avec raison, des images qui ne lui ressemblent point, et qui le déshonorent; mais l'avarice des prêtres en souffre; car c'est *la peur* de la damnation éternelle qui fait racheter les péchés; et du moment que *la peur* est détruite, *plus d'argent*: d'où l'on doit conclure que, si Parny a été si aigrement attaqué, c'est parce qu'il empêche de croire au diable et à ses cornes.

L'éloge de son poëme est fait: il n'a pas été proclamé!..

(AA) *Nobody*. On a du même Auteur, en fait d'ouvrages Badins, les veillées de *Vénus* et les vêpres de Guide, etc. ect. Les poëtes de ce genre inspirent une double gaité.

(BB) .... *Aux filets du Lion*
J'ai du moins rompu quelques mailles

Le Lion figure ici le peuple français. Le Poëte, qui n'a pas laissé que d'écrire en faveur de la liberté, a cru pouvoir se comparer, sans orgueil, au Rat de *Lafontaine*, qui (soi-disant) aida le Lion à sortir du filet où il se trouvait pris. Nous étions, nous autres français, *sub sigillo piscatoris* : nous étions sous l'anneau et dans la nasse. Vingt millions d'hommes ! le Pape dut bien rire quand il fit ce coup de filet ! c'était damer le pion à St.-Pierre ; car une telle pêche est bien autrement miraculeuse que celle de Céphas au lac de Génésareth. Mais ce qui a dû chagriner le plus le divin portier, c'est d'avoir entendu de nouveau le chant du COQ, et vu son filet rompu : c'est pour le coup qu'il aura diablement renié ; car il n'y a plus à y revenir.

Notre Clovis, ce roi cruel, le premier de *tous* les rois, qui se fit catholique, reviendrait donner sa tête à laver à Remi, qu'il est douteux qu'aucun français imitât aujourd'hui son exemple : *Rete ne tendas Accipitri et Milvio.*

(EE) *Mes droits de l'homme sont traduits.*

Il est question ici d'une table analytique des *droits de l'homme*, que je fis à la campagne, dans l'intention de les graver plus facilement dans la tête des enfans, *à l'aide de la poésie ;* elle plut aux membres du corps législatif à qui je l'adressai, excepté au dur *Raffron* : j'eus même cette bonne fortune qu'un Représentant, qui existe, et qui *connaissait* mon hommage, s'écria, au moment où le président en fit l'annonce : « Citoyens, c'est un grand ouvrage en » peu de lignes ». J'avoue que j'ai eu la faiblesse d'être sensible à cet éloge de nature à me consoler des coups de boutoir de *Rafronios*, savant algébriste, qu'on peut mettre au rang de ceux que les plus belles tragédies ennuyent, *parce que la nature leur a refusé un cœur.*

Voici la traduction latine que le citoyen *Le Bon* a faite de cette table analytique.

ANALYSE
DES DROITS DE L'HOMME ET DU CITOYEN.

Les droits de l'homme sont de toute éternité : l'homme les avait perdus ; la nature parla et dit :

Peuples, faites silence.... Aux accens de ma voix,
Que l'univers entier tressaille d'allégresse !
La force est au côté que parut la faiblesse :
Je vais vous retracer vos droits.

Au peuple, sans partage, est la toute-puissance ;
Et ce n'est qu'à ses lois
Qu'il doit l'obéissance.

Qu'un fer vengeur perce le sein
De qui s'attribuerait le pouvoir souverain.

Où paraîtra la tyrannie,
Fais résistance à l'oppresseur.

Parle, écris à ton gré ; propage ton génie.

Prie et sers qui tu veux : ton juge est dans ton cœur.

Des secours te sont dûs, et la dette est sacrée :
Tu vivras sans rougir, citoyen malheureux :
Tes frères préviendront tes vœux ;
Ton existence est assurée.

HOMINIS ET CIVIS JURA LATINO CARMINE VERSA.

Æterna sunt hominis jura ; sordebant amissa ; sic ore sacro præfata est Natura:

Silete gentes.... Nuntia gaudii ,
Terras per omnes vox mea personat ;
Et mersa jam dudum tenebris
En tibi , Plebs , tua jura pando.

Nunc exerit vim , debilis anteà ,
Et vindicat gens tota potentiam ;
Suis que jussis alligat se :
Sic docilis populus triumphat !

Olim gementem si patriam occupet
Atrox tyrannus , protinùs arripe
Ferrum minax , hostis que sævus
Fulmineo feriatur ense.

Fas ore sensus promere libero :
Scribendo liber latiùs evola ;
Quovis modo Numen verere :
Conscia mens tibi sola judex.

Fortuna si te deserit , heu ! malis
Ne cede.... fratrum mutua charitas ,
Sacrum levamen sponte præbens ,
Afferet haud dubiam salutem.

Français, livrez à l'espérance
Un cœur trop long-tems abbatu :
Des honneurs sont la récompense
Des talens et de la vertu.

ACTION DE GRACES.

O Nature ! ô raison ! que l'univers t'implore :
Tu fais d'un peuple esclave un peuple souverain !
L'Auguste liberté, cet attribut divin,
Dont l'absence nous déshonore,
La liberté qui vient d'éclore,
De toute éternité fermentait dans ton sein.

O Nature ! ta voix est celle du grand Etre....
Elle appelle au bonheur l'homme régénéré.

SERMENT.

Voici nos Droits.... Voici ce Code révéré !
Plutôt que de le méconnaître,
Plutôt qu'on vous ravisse un dépôt si sacré,
Français... jurez de cesser d'être.

ARISTENETE.

Extolle frontem, Galle, nimis diù
Fractam repulsis : spes bona nunc tibi :
Virtute notâ dotibus que
Itur ad egregios honores.

GRATIARUM ACTIONES.

O Natura, potens rerum regina ! perennis
O Ratio ! te munificam memor orbis adoret :
Qui modo servus erat populus, nunc, te duce, fit Rex.
Libertas augusta, Dei que in numine Numen,
Quâ sine nullus honos, ulla est neque gratia terris,
Ipsa Dei in gremio æternùm concepta latebat :
Liber homo, auspice te, ô natura, renascitur, almos
Tam fortunato ducturus sidere soles.

JUS JURANDUM.

En nobis sacra jura, hæc est venerabilis arca,
Arca, salus gallorum et inexpugnabile robur !
Si tamen ingrueret, fato minitante, periclum,
Tunc state impavidi circùm inviolabile pignus,
Hoc certi servare, aut pulchræ occumbere morti.

LEBON.

(EE bis) *Entre Ovide, cher à Cypris,*
Et les deux Brutus, me fait place.

Je ne me permets de placer ici ce bout d'éloge, que parce qu'il sert de base à ces deux vers qui terminent mon épitre :

Un poëte n'est bon à rien,
S'il n'est utile à sa patrie.

En effet ce n'est point une *vertu*, c'est un *devoir* d'aimer et de servir son pays. Le trahir par son silence, ou par des déclamations contre les lois, c'est un *crime* ; et je doute que personne se soit jamais félicité de s'entendre dire : *je vous fais mon compliment de ce que vous n'êtes pas criminel.* Mais tous les jours un homme qui fait son *devoir*, ne dédaigne pas de se l'entendre dire. Si Dieu jugeait, comme autrefois, les méchans et les bons, quel est le juste qui consentirait à n'être pas remarqué, après avoir été malheureux toute sa vie ?

J'aime la liberté, je l'ai chantée, j'ai *tout* perdu, *tout*. C'est une gloire, à laquelle je ne renonce pas, que d'être connu pour avoir été courageux dans l'infortune, et d'avoir fait trève aux frivolités, pour célébrer le géant qui m'écrasait.

AMICUS AMICO.

» *Cantor Amoris eras, Patriæ nunc reddita*
» *Musa*
» *Edit sublimes altiùs acta sonos.*
» *Transmutata leges latiâ tua carmina linguâ,*
» *Transmutata licet noveris esse tua.*
» *Naso tibi plaudet cingens tua tempora*
» *myrtho ;*
» *Plaudet et admirans Brutus uterque tibi* ».

FIN.

DIALOGUE FAMILIER

ENTRE

ARISTENÈTE ET CORÉBUS.

DIALOGUE FAMILIER

ENTRE

ARISTÉNÈTE ET CORÊBUS,

Sur quelques partisans des préjugés et de l'erreur.

Nos numerus sumus, fruges consumere nati.

DANS un petit poëme intitulé, MERCURE ET LES CRÉTOIS, attribué à frère Aristénète, Apollon disait en 1776 à un sot enrichi :

. . . . . On n'est rien sans génie ;
On est tout avec des talens.

Je crus à cette époque qu'il était impossible que les choses allassent jamais autrement ; aujourd'hui cependant, c'est absolument le contraire :

On est tout sans génie ;
On n'est rien avec des talens.

Les preuves de cette assertion sont si évidentes, si multipliées que l'on pourrait se passer d'en donner de nouvelles. Il en est une pourtant que nous ne saurions passer sous silence: J'ai été trop douloureusement affecté au moment où je l'ai acquise de Corêbus, mon vieux ami, mon ancien camarade de collège !... Corébus et moi, cela ne fait qu'un.

Ce fut le 16 du présent mois, Vendémiaire an 8, il était midi; comme *Lalande* n'avait pas prédit qu'il pleuvrait ce jour là, Corébus n'avait point pris de parapluie.

J'arrivais de campagne, j'avais affaire au Carousel; je longe la grande gallerie du Palais des arts, du côté de l'eau; je passe sous un guichet : là je trouve Corébus à l'abri, attendant que le grain fût passé : il m'arrête.

Corébus est assez au courant de ce qui se passe dans la république des lettres. Eloigné depuis quelques jours de la commune centrale, je ne savais rien de rien. Cependant je souhaitais apprendre si la partie obscure de l'institut l'avait emporté sur la portion lumineuse : je craignais fort que l'on n'eût fait encore à Parny l'injustice de ne le point agréer.

Le désir que j'avais d'en être éclairci, donna lieu au dialogue suivant : J'espère que les amis de la philosophie et des lettres n'y verront rien de trop.

DIALOGUE.

ARISTÉNÈTE.

Eh bien ! qui l'emporte ? Parny a-t-il la préférence ?

CORÉBUS.

Non : c'est Arnaud.

ARISTÉNÈTE.

Le motif ?... est-ce qu'Arnaud a été reconnu pour faire des vers mieux que Parny, pour écrire avec plus de grâces et plus de correction ?

CORÉBUS.

Tu me fais-là une plaisante question ! Ce n'est point aux talens que l'on s'arrête : l'attention des deux tiers des juges porte sur des motifs d'examen bien plus graves ! . . . de deux ou trois candidats mis dans la balance, celui qui l'emporte, c'est celui *qui a montré le plus d'attachement à la liberté, et le plus de respect pour les mœurs.*

ARISTÉNÈTE.

Ah ! ah !

CORÉBUS.

Cela doit d'autant moins te surprendre qu'il importe de renforcer nos sociétés de pareils hommes. Enfin point de vénération pour le sexe, point de fauteuil, point de patriotisme, point de fauteuil encore.

ARISTÉNÈTE.

Voilà des juges bien rigoureux! cela me ferait croire que l'Institut vaut mieux ou du moins, qu'il est plus sévère que l'ancienne Académie française; car enfin *La Fontaine*, dans ses contes, n'est pas inférieur à *Parny* pour la gaudriole, et *La Fontaine* a figuré parmi les quarante!... je ne dis rien de *Piron*: je suis forcé de convenir qu'il a cassé les vitres. Mais *Parny!*... Pas un mot obscène n'est sorti de sa plume; et quand il a été averti que ses métaphores étaient un peu trop intelligibles, il a été assez modeste, assez docile; assez bienséant pour tripler la gaze.

CORÉBUS.

Je suis forcé d'en convenir.

ARISTÉNÈTE.

Bientôt encore tu conviendras que tu t'es singulièrement trompé, si tu as cru que la non-admission de Parny est basée sur la violation des mœurs.

CORÉBUS.

Comment donc! et quel autre motif pourrait avoir décidé *le grand nombre* à le mettre de côté?

ARISTÉNÈTE.

C'est qu'il a secoué le père éternel par sa barbe ; c'est qu'il a soufflé les chérubins sur leurs bobèches, comme autant de lampions ; c'est qu'il a fait coucher Apollon et Panther avec la bonne vierge ; c'est qu'il a fait une quantité de pareils tableaux, et que les hypocrites traiteront éternellement ces gaités *immortelles*, de crimes irrémissibles. Il faut bien que la sainte église ait un appui. Il était impossible de ne pas punir Parny de ces petites licences. Et qui diable aurait désormais fait dire pour quinze sols une messe à la mère sans tache, lorsqu'on aurait vu figurer dans la classe de la littérature et des beaux arts, un poëte qui a fait de si charmans tableaux de la galanterie d'une [illegible], et nous l'a montrée toute mondaine ?

COREBUS.

Cette conduite édifiante de l'institut prouve évidemment qu'il y a de bonnes âmes. On a senti que l'avarice des hommes intéressés à la crédulité des peuples, ne trouverait pas son compte à l'interruption des libéralités qu'amènent la crainte et le respect. Adieu la recette, adieu les suffrages.

ARISTÉNÈTE.

Troupe d'élite ! Corps de réserve ! Espoir de

la nation ! créés par elle et pour elle, qu'ont-ils fait ? *Hoche* était-il aidé de leurs écrits, lorsqu'il alla porter la lumière et la paix dans la Vendée ? où sont les ouvrages remarquables en ce genre dont ils puissent se glorifier ? quelle pièce d'artillerie ont-ils braquée contre le royalisme et le fanatisme, dont le bruit ait retenti dans les Alpes, comme la Marseillaise et le chant du départ ? ô le bel arsenal !

Ah ! les impies ! disait un jour un *matérialiste* (*nota bené*, car l'étonnement redoublera) Ils nous ont privé de la consolation du chrétien à sa dernière heure !... plus de viatique ! plus d'huile sainte ! D'épaisses ténèbres sont sorties du puits de l'abime ; je n'y vois plus... Je ne puis, (même à l'aide de mon *télescope* et de ma lunette acromatique anglaise) pénétrer dans le saint des saints : je distingue à peine, à l'entrée du paradis, Saint-Antoine et son ami ».

CORÉBUS.

Voilà qui est bien plaisant ! il n'est pas impossible que tu n'ayes deviné juste, et que des athées mêmes ne se rangent aujourd'hui du côté des adorateurs de Marie : les imposteurs sont les appuis du trône ; il ne faut pas les laisser choir.

Mais en supposant que l'on eût bien fait de passer l'éponge sur la peccadille de notre poëte éroique, il resterait à prouver que *sa dose d'amour pour la liberté*, l'emportait sur celle de son concurrent : car enfin, tu sais ce que je t'ai dit, c'est encore là une condition *sine quâ* non.

ARISTÉNÈTE.

A la bonne heure !... mais tu ne penses peut-être pas que je sois embarrassé pour te prouver qu'on s'est contenté d'écouter le tiers et le quart, qu'on a prononcé d'après des oui-dire, au lieu de consulter les écrits des deux rivaux : car alors le moins qu'on eût pu faire, eut été d'avouer qu'on ne savait de quel côté pancher.

Je connais Arnaud, moi qui te parle, et je le connais beaucoup ; je l'estime, il le sait : je luirends même assez de justice pour être certain 1.° qu'il ne croit pas valoir *Parny* du côté du talent ; 2°. qu'il ne se flatte pas de *l'effacer* en patriotisme. Il est trop honnête homme pour s'être dit à cet égard au-dessus de son compétiteur : je ne veux croire qu'une chose, c'est qu'une conduite irréprochable et des ouvrages dignes d'éloge ont postulé pour lui.

S'il y avait à établir un parallèle, ce n'est point Arnaud seulement que je mettrais au défi de donner des preuves d'attachement à la liberté, plus fortes que celles de Parny ; c'est la majeure partie de ses juges. Et quand je parle de preuves, il n'est point question de celles qui résulteraient de productions *récentes*, il faut dater de loin; il faut parler de sentimens d'indignation manifestés contre l'esclavage, dix ans *avant* la révolution; il faut parler de hardiesses telles qu'un homme, pour les avoir publiées, ait mérité d'être *forcé de quitter la cour*, et se soit vu privé *de tout espoir d'avancement.*

CORÉBUS.

Tu me dis-là des choses qui m'étonnent. S'il est ainsi, Parny avait un titre bien recommandable. Je doute d'ailleurs que son concurrent pût faire monter ses preuves à une si haute époque.

ARISTÉNETE.

Je vois, mon cher Corébus, que tu n'as lu Parny que comme beaucoup d'autres: tu n'y as vu que des roses. *Iterùm lege.* Vois page 169 du premier volume, édition de 88, *Épître aux insurgens*: Lis-la toute entière. Mais d'avance dis-moi, fallait-il haïr l'esclavage et désirer la liberté pour adresser la parole aux Bostoniens avec cette gaîté philosophique, si peu ambiguë, que Voltaire alors n'eût *pas plus hasardé*, lui qui vivait au mont Jura!

. . . .

» Raisonnons un peu, je vous prie,
» Quel droit avez-vous, *plus que nous*,

» A cette liberté *chérie*
» Dont vous paraissez si jaloux ?
D'un pied léger la tyrannie
Parcourt le *docile* univers :
Ce *monstre*, sous *des noms divers*,
Ecrase *l'Europe asservie*.
Et vous, peuple injuste et mutin,
Sans pape, sans Rois, et *sans Reines*, (1)
Vous danseriez au bruit des chaines
Qui pèsent sur le genre humain !
Et vous, d'un *si bel* équilibre
Dérangeant le plan *régulier*,
Vous auriez *le front* d'être libre,
A la barbe du monde entier !
L'Europe demande vengeance....
Armez-vous, messieurs d'Albion,
Rome ressuscite à Boston,
Etouffez-la dans son enfance.
Dans ses derniers retranchemens,
Forcez la liberté tremblante (2)
Qui, *toujours plus intéressante*,
Se ferait de nouveaux amans.
Qu'elle expire, et que son nom même,
Presque ignoré chez nos neveux,
Ne soit qu'un vain mot à leurs yeux,
Et son existence un problême !

(1) Ce mot placé là si à propos fut regardé comme une apostrophe. On ne lui pardonna pas ce persiflage à bout portant.

(2) Toujours même systême de la part des Anglais.

CORÉBUS.

Je suis aussi charmé que surpris de t'avoir entendu. J'ai lu cette épitre dans son tems; mais j'étais si loin de compter sur une révolution que je n'eus pas la finesse de démêler la-dedans le vœu secret de voir la liberté en France. Ce qui m'avait le plus flatté dans Parny, c'étaient ses amours avec *Eléonore*, et je ferais bien un pari. . . .

ARISTÉNÈTE.

Je te devine; c'est que plus des deux tiers de ceux qui ont voté contre Parny n'ont pas fait plus d'attention que toi à cette épitre. Peut-être même n'ont-ils pas lu Parny du tout. J'aime mieux le croire que de penser qu'ils connaissaient le morceau que je viens de te citer; car alors il n'y aurait pas de doute que, loin de lui être utile, cette pièce aurait été à leurs yeux un titre de *réprobation*; ce qui ne serait nullement d'accord avec ce que tu me disais, que l'amour de la liberté est d'un grand poids auprès de tout le monde.

CORÉBUS.

Allons, mon ami, de la douceur, ne vas pas trop loin; ne juge point témérairement: *ils n'ont point lu*, voilà tout ce qu'il faut penser.

ARISTÉNÈTE.

Ah! ah! ils n'ont point lu! voilà qui est

plaisant ! Est-ce qu'on instruit un procès sans les pièces ? est-ce qu'un juge ne doit pas les connaître ? « *ça va mal, mon ami, ça va* » *mal.* »

Ici nous fûmes interrompus ; la roue d'un cabriolet, conduit par un étourdi, me serra si fort contre le mur de l'arcade, que mon ami me crut écrasé.

Ce phaëton, mécontent de ce que le Bureau central l'oblige à faire sonner les attributs de la folie, s'en choque apparemment, puisqu'il est vrai qu'il s'en dispense. Il arrivait du côté du Carrousel, et cherchait à dompter un cheval récalcitrant. La pluie continuait : nous passâmes, Corébus et moi, sous l'arcade voisine, et le conducteur du char vint encore nous trouver là. Il faisait, aux dépens des piétons, un singulier manège. Dans l'espoir de rendre son cheval plus docile, il passait successivement du quai dans la place, à travers les trois grandes arcades, c'est-à-dire, en zig-zag, à peu près comme un chien qui danserait les jolivettes. Je m'en garantis pourtant cette fois ; mais une vieille femme en souffrit un peu. Elle portait au bras un pannier d'Almanachs et autres petites brochures. (Je passerais ceci sous silence, si je n'en avais pas tiré quelque instruction à l'appui de ce que je disais à Corébus !) Le pannier fut renversé : les almanachs en plaque, et autres, tombèrent dans la boue, et chacun, pour obliger cette pauvre femme, se mit à les lui ramasser; je la plaignais, et cependant je ne vis pas sans déplaisir, que dans toute sa marchandise l'ancien style se trouvait accolé au nouveau: j'en conclus que la police établissait apparemment une distinction entre la période *d'une année*, et la période *d'un jour*; puisque les almanachs n'offraient point, comme les feuilles *périodiques journalières*, la preuve de la soumission à la loi.

Je ne pus m'empêcher de faire remarquer à Corébus deux Almanachs assez comiques, dont l'un offrait, en place des Saints, les noms des Brigands les plus célèbres; et l'autre, messieurs les saints rétablis dans leurs niches, à la place des panais et des carottes. Voici de la denrée presbytérale, dis-je à Corébus. Tu vois ce qui résulte de la protection accordée aux saints par les dévotieux persécuteurs des hommes qui s'attachent à démasquer l'imposture! si les imprimeurs et les colporteurs ne se savaient pas appuyés par des amis de l'erreur, placés au rang des Sages, ils n'auraient pas l'impudence de lutter aussi audacieusement contre le vœu du Corps législatif, qui s'oppose à ce que l'ère vulgaire figure encore à côté de l'ère républicaine; qui « *invite le peuple Français* TOUT ENTIER *à se montrer » digne de lui-même, en comptant désormais*

» *ses travaux et ses fêtes, sur une division du* » *temps, faite pour honorer la France dans* » *tous les siècles* », et qui, postérieurement encore, a enjoint » aux autorités chargées de » la police, de tenir la main à ce que tout ce » qui portera l'empreinte d'une contravention » à cet égard, *soit enlevé.* Mais qu'importe l'exécution de la loi aux enthousiastes des religieuses chroniques! Ces hommes là s'embarrassent bien de la police et *et de la gloire nationale!* si l'on remontait à la source, ce serait à ces dangéreux protecteurs qu'il faudrait s'en prendre; car ce ne sont pas les marchands de livrets, portant le cachet de la désobéissance, qui méprisent et l'INVITATION, et la loi *formelle*; c'est tout homme qui les enhardit, en déclarant une guerre ouverte *aux amis de la lumière et de la vérité.* Tu n'as pas tort, me dit Corébus; mais un sûr moyen d'obvier à tout, ce serait de faire ici comme à la Chine, de n'avoir qu'un seul almanach. (*) L'ANNUAIRE RÉPUBLICAIN suffirait, d'autant plus que le bureau des longitudes a su le rendre extrêmement intéressant, et que le peuple y trouverait des instructions nécessaires pour lui. Je n'y verrais qu'une difficulté, c'est qu'il coûte 75 centimes: c'est trop cher pour beaucoup de pauvres gens.

(*) Cette mesure n'empêcherait pas Apollon et les Muses de nous donner des étrennes.

La pluie ayant enfin cessé, Je proposai à Corébus d'aller dîner au Palais-Egalité. Je n'ai pas fini, lui dis-je, sur l'article de Parny : Viens. — Allons, dit Corébus.

Chemin faisant, il tira de sa poche un papier, en me disant : je t'écouterai volontiers, mais j'exige de ta complaisance que tu lises un bouquet de ma façon. — Un bouquet! tu fêtes donc aussi les saints! non; je les persifle. — *Bravo!* Ce sont des vers sans doute ? — Oui. — Il faut faire insérer cela dans quelque journal qui ne rebute rien. — Tu me l'indiqueras....

Tout en parlant ainsi, nous arrivâmes aux galeries du Palais. J'avais promis à Corébus de lire ses vers, je les pris et je m'en égayai ; je les placerai ici d'autant plus volontiers que ce petit morceau philosophique est tout frais : il ne date que de la *Saint-Michel*. Un peu de verroterie ne messied pas au milieu de la prose. C'est un ornement qui plait, sans détruire le charme de la simplicité ; c'est un pompon dont l'Art se permet d'embellir la Nature.

RÉPONSE de Corébus, *à un vieux papa qui lui reprochait de n'avoir pas célébré son patron cette année.*

C'est en vain qu'il a lui, le jour où, par faiblesse,
Je t'offris, l'an dernier, pour ta fête, un bouquet.
A la rechute, ami, je ne suis pas sujet;
Je sais me corriger sans aller à confesse.
Ah! quand Vendémiaire, amenant l'allégresse,
Nous rappelle Bachus, cet aimable immortel,
Dont Orphée apporta le culte dans la Grèce;
Quand son thyrse amoureux, ses chants, sa douce ivresse,
Font du moindre coteau son temple et son autel;
Crois-tu qu'on ait la bonhommie
De s'occuper de Saint-Michel
Et des gens de sa confrairie ?...
Sache, ami, que présentement,
Sitôt que dans un vers (fût-il de sentiment)
Un saint, pour se montrer, sort de sa litanie,
Il est hué dans le moment.
Evitons les brocards de la philosophie :
Elle a tout renversé, les Saints, l'Epiphanie,
La crèche, St.-Joseph, la bourrique et l'enfant.

Saint-Michel terrassa le diable !...
Est-ce un motif pour l'aimer tant ?
Le diable, c'est l'esprit, le bon sens, la raison
Combattus, opprimés, jadis mis en prison
Par le ministre formidable

D'un Dieu vengeur, sanguinaire et jaloux.
Mais le diable est malin: Dieu n'est plus intraitable,
Et Saint-Michel a le dessous.

De grâce, allons, sois raisonnable!
Il est bien mort, et pour long-temps,
Ce pourfendeur impitoyable
De démons et d'Esprits géans!
Les morts ne protègent personne.
On a dit, il est vrai, le contraire en Sorbonne:
C'était un bon moyen de vivre à nos dépens;
Mais on s'éclaire, avec le tems.
Aujourd'hui que l'église a rendu les arpens
Que, depuis Chilpéric, sans profit on lui donne,
Aujourd'hui qu'il n'est plus d'enfans,
Qu'un guerrier sait écrire, et qu'un marmot raisonne,
Parler de patron, de patronne.
C'est un métier honni, que le Sage abandonne
Au résidu des Charlatans.

REPRISE DU DIALOGUE *SUR PARNY.*

ARISTÈNETE.

Récapitulons : j'ai dit que Parny différait de Piron dans sa manière de parler *d'amour*, comme le lait de la chèvre Amalthée, d'une décoction d'Aloës.

J'ai rapproché Parny de La Fontaine (considéré, non comme *fabuliste*, mais comme *conteur*) J'ai dit que l'auteur des *Oies du frère Philippe*, du *Berceau*, de *la Chose impossible*, de *la Jument du compère Pierre*, etc. etc. ; avait été de l'Académie française, et que c'était un exemple en preuve, que *Parny* pouvait être de l'Institut.

J'ai dit qu'*Arnaud*, qui lui avait été préféré, ne pouvait que lutter avec lui de patriotisme, mais non pas l'emporter.

J'ai plus fait que de dire, j'ai *prouvé* que Parny était *républicain dix ans avant la république ;* et j'ai avancé qu'il n'y avait peut-être pas un membre de l'institut qui pût mettre sous nos yeux une production *plus* caractéristique de son ardent amour pour la liberté.

De-là j'ai conclu que si Parny avait été rejeté, ce n'était point pour avoir effarouché la pudeur, mais pour avoir baffoué les Baziles, Chevaliers défenseurs de l'honneur ébréché de la vierge Marie, et les partisans de la nature *Divine* de Jésus son fils unique.

CORÉBUS.

Eh bien ! il ne te reste plus rien à dire ?

ARISTÉNÈTE.

Oh ! que si fait. Mes figures sont esquissées, mais ne sont point encore en saillie ; je n'ai point achevé de peindre.

CORÉBUS.

Or ça, parle-moi en confidence. Tu les connais sans doute, ces hommes ennemis de la gaité, du bon goût, du progrès des lumières philosophiques, et *si peu soigneux* d'acquérir les preuves d'un civisme qu'ils exigent si impérieusement ; nomme-les moi.

ARISTÉNÈTE.

Comme personne ne se vante du mal qu'il fait, je ne puis satisfaire ta curiosité : je n'en connais aucun ; mais je parierai bien contre un centime, ce qui me reste de tems à vivre, que *Parny* n'a pas été mis au nombre des réprouvés par les *Dupuy*, les *Garat*, les *Neuf-chateau*, les *Chénier*, les *Lebrun*, les *Charles*, les *Cousin*, les *Morveau*, les *Jaurat*, les *Ginguené*, les *Lacépède*, les *Thouin*, les *Leblond*, les *Volney*, les *Sieyes*, les *Mercier*, les *Breton*, les *Champagne*, les *Andrieux*, les *Lacroix*, les *Villars*, les *David*, les *Raymond*, les *Haüy*, les *Laplace*, les *Gretry* etc. etc. Car il en est beaucoup d'autres dont les noms ne se présentent point à ma mémoire, et dont il est juste de présumer tout aussi avantageusement.

CORÉBUS.

Déjà les votans contre *Parny*, ont reçu un coup de patte. Un littérateur philosophe, qui joint les grâces du style à la finesse des pensées, (chose doublement rare.) a dit, en parlant de » cette injustice : « si *Parny* n'a point une place » à l'Institut, il en a une, depuis vingt-cinq » ans, sur le Parnasse. . . ! Il faut espérer » que l'Institut, après avoir donné des *encoura-* » *gemens*, finira par décerner des *récom-* » *penses* ». Tu n'aiguiseras pas un trait qui perce à la fois plus de monde, et entre plus avant.

ARISTÉNÈTE.

Je suis loin de m'en flatter. Tant de mignardise n'est pas mon fait. Je souffre du mal dont je suis le témoin, et je le dis crûment, parce que l'impatience me gagne et que je ne puis modérer l'essor de mes pensées : *quâ datâ portâ ruunt.* Ton arbalétrier est un adroit tireur. Je crois néanmoins m'appercevoir qu'il est l'un des membres de ce grand corps contre lequel il a lancé son trait. Il désire que l'on se corrige, il l'espère, c'est fort bien. Ainsi les membres de ce grand corps qui ont nui au candidat, ne paraissent pas dans toute leur laideur, et c'est un ménagement. Le critique ne veut pas la mort du pécheur, mais qu'il se corrige. Je ne demande pas non plus l'enterrement du grand corps, mais. . . . sa transfiguration.

CORÉBUS.

Que diable dis-tu là ? si l'on t'entendait parler de la sorte, on t'en ferait repentir.

ARISTÉNÈTE.

Comment cela ?

CORÉBUS.

Et mais . . . On éplucherait tous tes petits opuscules libertins, et l'on te classerait avec les Mirmidons. Tu aurais beau dire que tu as plutôt imité que traduit Arististénète, tu ne serais regardé que comme l'envers d'une tapisserie. Sans lire tes contes en vers, on les mettrait au-dessous *de l'eau d'âne.*

ARISTÉNETE.

Je ne m'effarouche pas aisément ; je sais ce que c'est qu'une ruche : Il y a des abeilles *travailleuses* et des *faux Bourdons*. La colère de ces derniers ne les sauve pas du mépris qu'on en fait, et de la chasse qu'on leur donne. Tout ce qui mange le miel, au lieu d'en composer, n'est bon à rien. Je pourrais craindre la critique des *travailleuses* ; mais le bourdonnement des *prolétaires* n'a rien qui m'épouvante : on a la conscience nette quand on a rendu justice à qui il appartient.

CORÉBUS.

Tes comparaisons me font rire ; il ne faut pourtant pas mordre si serré ; car enfin, *on ne se fait pas soi-même*, dit le proverbe. On peut naître avec un corps droit et un esprit tortu, *et vice versâ* : Polyphême n'avait qu'un œil, et Argus en avait cent : j'ai connu des académiciens qui n'en avaient point du tout. Supposons qu'il y eût à l'Institut quelques esprits boiteux, quelques-uns même qui marchassent à reculons ; où serait la nécessité d'en faire la remarque ? Il faut respecter les défauts de nature, et ne prendre garde qu'aux êtres bien organisés, qui marchent droit et *en avant* : c'est là qu'est l'Institut, et il est encore assez honorable pour la nation ; *Bonaparte* le sent bien, lui qui préfère le titre de membre de cette société à celui de général, et à tant d'autres....

ARISTÉNÈTE.

Nous sommes d'accord, mon ami : on peut aimer sa famille, sans aimer toute sa famille. Eh ! bon dieu ! qui est-ce qui n'a pas de mauvais parens ? Mais conçois-tu comment ces hommes, glorieux d'avoir *Bonaparte* pour collègue, n'ont pas l'amour propre de se montrer animés du même esprit ? *Bonaparte*, après avoir saboulé les capucins, qui se faisaient un rempart de la croix, les a traités humainement. *Bonaparte* est chrétien, il est mahométan ; il est... tout ce que le Sage doit être, TOLÉRANT ! Cependant il désire le progrès des lumières, puisqu'il affranchit les peuples de l'esclavage et de l'erreur ; mais c'est ce que ne veulent pas les hommes dont je me plains : ils l'ont prouvé en n'admettant ni *Palissot* ni *Parny*.

Cependant que leur en coûterait-il pour se modeler.... sur les habitans de la Tamise ? très-peu, j'imagine : les SAGES du pays leur diraient : « c'est une tyrannie d'exiger que le » peuple croie à un paradis et aux saints : la » religion est *de l'homme à Dieu* ».

CORÉBUS.

Il y a des gens si contens d'eux-mêmes qu'ils ne prendraient pas conseil de leurs meilleurs amis ; témoins les sermoneurs fanatiques.

Je ne suis pas d'ailleurs surpris de tant d'obstination : quand l'intérêt parle, la raison est impuissante ; tu n'empêcheras pas les deux tiers des hommes de penser que c'est un intérêt bien entendu que de travailler à mériter les ineffables jouissances d'une vie future. Un grand nombre d'animaux d'habitude prennent parti pour les fourbes qui les ont endoctrinés. Des bamboches (A) se persuadent qu'elles embrassent la cause du ciel, et un peu celle des trônes. Si les succès de leurs instructions étaient universels, bientôt on verrait renaître les *Congiaires*, (B) les *Sportules*, (C) et les *Parangories* (D). Tu vois cependant qu'avec la certitude du retour de ces libéralités flétrissantes et de ces corvées qui obligent les *roturiers* à donner leur tems sans fruit, on n'use pas moins de tout son pouvoir pour attacher le peuple aux Altesses et aux Eminences. Nous ne manquons pas de Prédicateurs qui y travaillent, *sans dire le secret*. Parlez au peuple en énergumène, il vous croira inspiré. Il n'y a que les énergumènes qui fassent des prodiges.

ARISTÉNÈTE.

C'est ce qu'il faut empêcher : il faut que l'homme distingue la vérité du mensonge, et qu'il ne prenne pas pour lumière pure des raisonnemens captieux. Il en est de ces clartés frauduleuses comme de l'auréole d'un Bienheureux : si j'ôte ces rayons postiches, je ne vois plus qu'un crâne. O misère humaine ! qu'est-ce que ces dehors trompeurs ? qu'est-ce que tout cet ébouriffage ?

Ce fut un bel argument que le coup de griffe appliqué par un lion, à ce raisonneur de *travers* qui lui voulait soutenir qu'*il était le roi des animaux.* Pauvre Roi ! il lui fallut changer de ton, quand il se vit nu de la tête aux pieds.

CORÉBUS.

Sans être ce monsieur Du Lion là, tu ne laisses pas de mettre à découvert les motifs secrets de la horde militante contre *Parny* et *Palissot.* Je vois que les opposans ont eu une arrière-pensée qu'ils n'ont pas mise au jour : tu m'en as montré toute la trame, en les effilant brin à brin comme on ferait un chiffon de mauvaise toile. Si l'on se laisse éblouir par l'extérieur de vertu de ces grands personnages, si quelqu'un est dupe de leurs faux brillans, ce ne sera pas toi.

ARISTÉNÈTE.

Non certes. Le génie seul, le vrai génie brille à mes yeux, comme par enchantement, d'une atmosphère de gloire qui lui donne je ne sais quoi de sur-humain. Je ne pense point à Homère, à Virgile, à Sophocle, au Tasse, à Milton, à Racine et Corneille, à Voltaire, sans me figurer autour de ces hommes extraordinaires un enveloppe de merveilleux qui devait commander le respect. Mais je ne puis penser sans rire aux cornes flamboyantes de Moïse, et aux défenseurs de ses fables. Tout cela n'est que du charlatanisme; les petards du mont Sinaï, le pigeon de Mahomet et les couronnes étoilées des créateurs du culte de nos pères sont des moyens imaginés par des tyrans pour assujettir les peuples. *Dii, talem terris avertite pestem!*

Je voudrais connaître et tenir tête à tête un de ces hypocrites à l'air timoré, qui prirent en apparence le parti de la pudeur offensée, tandis que dans leur âme sournoise, fermentait le désir de venger une religion *qu'ils voudraient conserver dominante.* Raisonnons, lui dirais-je : je t'accuse *d'ignorance* et de *fanatisme;* prouve-moi qu'en rejetant notre Tibulle, tu as fait preuve de *savoir* et de *philosophie.*

CORÉBUS.

Le tartuffe ne te répondrait point. Je parlerai à sa place : Je conviens qu'on a été injuste; J'avoue que le tort est bien prouvé; mais à tout péché miséricorde : la faute n'est pas irréparable.

ARISTÉNÈTE.

Si fait. Il y a des torts qu'on ne répare point, on les expie ; et c'est ce qui arrivera. *Palissot* et *Parny* pourraient-ils consentir *jamais* à être de l'Institut ? non, cela est *certain :* car, en supposant que la crainte du déshonneur fît naître un jour le repentir dans le cœur de *cette partie* cabalante et cabalistique qui les a rejetés ; il y va de la gloire de l'un et de l'autre, d'imprimer, par des refus constans, un éternel affront sur ces hommes dégénérés qui, (pareils aux Albinos sortant de leur tannière), portent leurs mains en avant, comme pour écarter de leurs yeux la lumière *qui les blesse.*

Un passage de Tacite vient ici fort heureusement à l'appui de ce que j'avance. Tu t'en souviens peut-être ? Tibère avait ordonné que l'on portât à une cérémonie funèbre les bustes des grands personnages. Tous y furent exposés, excepté ceux de *Cassius* et de *Brutus.* Ces deux hommes célèbres y brillèrent d'autant plus, que leur portrait n'y était pas : *Præfulgebant* CASSIUS *et* BRUTUS, *eo ipso quòd eorum effigies non videbantur.*

COREBUS.

Je vois ce qui arrivera : la partie saine de cette belle et grande association, rougira quelque jour de se trouver dans la Litanie avec les persécuteurs de la philosophie et du bon goût. Tout change, tout s'épure : *ce grand corps agité par quelque orage salutaire, rejetera sur ses bords les hochets royaux, les rabats et les mitres comme autant d'ordures dont il est infecté.*

Peut-être alors *Palissot* et *Parny* ne seront plus ; mais leurs bustes et leurs œuvres seront en honneur au milieu des SAGES qui auront vengé la philosophie et les lettres. Déjà ces hommes jouissent en partie du degré de considération qui leur est dû. Ils sont *admis* dans le cœur des membres bien pensans, qui souffrent de ne les pas voir assis à côté d'eux. Ils sont en effet de l'Institut. Ce ne sont pas les insoucians qui le composent. Est-ce que les Troyens doivent rejeter les conseils et les secours qui leur sont offerts, quand les Grecs sont aux portes ; quand, du haut des tours, les Furies appellent l'ennemi, une torche à la main ? Hommes sans yeux et sans oreilles, souvenez-vous donc des suites de la stupide confiance du fils de Priam. Déïphobe aux enfers fit reculer d'horreur Enée et la Sybile. Quand le jour de la grande réforme arrivera, on vous entendra dire honteusement, comme à lui, en vous cachant le visage :

Discedam, explebo numerum, reddarque tenebris.

FIN DU DIALOGUE.

NOTES.

(A) La Bamboche *gesticule* pendant que le COMPÈRE parle. On en vit pour la première fois à Paris en 1674. Que de bamboches depuis ce temps-là ! combien d'hommes-machines les Compères ont fait mouvoir en divers sens !

(B) *Congiaires.* DISTRIBUTIONS deshonorantes en pain et en huile, imaginées par des Empereurs, dans la vue d'appater des hommes abâtardis, purement attachés à la vie animale.

Nous avons vu jadis *jeter* à Paris des petits pains, des cervelas, et quelques pièces d'argent au peuple : c'était pire que des *congiaires* ; car il fallait se battre comme des animaux, pour participer à ces aumônes ; mais cela divertissait le gouverneur de la bonne ville de Paris.

(C) *Sportule.*

. . . . Nunc sportula primo
Limine parva sedet, turbæ rapienda togatæ.

» Une sportule misérable attend maintenant » à l'entrée du palais les plus nobles per- » sonnages ». Ainsi parle *Juvénal* des sénateurs et des chevaliers romains sous *Neron*. Que l'homme est donc vil, quand il a perdu sa liberté ! La sprotule a eu lieu aussi en France, du tems de Louis XIV et de Louis XV : ils ont plus d'une fois détaché de leur grand couvert des plats qui ont été portés chez des courtisans. Une histoire trop connue pour la repéter en est la preuve : » SIRE, *et les » perdrix aussi?* »

(D) *Parangories.* Corvées dont *Constantin* n'exempta *que les* CLERCS ! *(nota bené)!* Les ennemis de la République ont cru sans doute que si elle avait été envahie, ils auraient joui d'une pareille exemption. Paris a vu ce que nos frères des départemens auront peine à croire. Aux galeries du palais Bord...., les vitres de plusieurs boutiquiers, libraires royaux, ont offert la face de Suwarow! Aubas du portrait de ce boucher, on lisait: ALEXANDRE-SUWAROW!!! ... allez, gredins, chercher votre *Alexandre.* Il franchit, comme une chévre, les rocs, les ponts de bois et les précipices ; tandis que les curés à qui il a fait chanter le *Te Deum*, restent, bouche béante, au milieu des hommes désabusés qui les lapideront.

Peut-être le lecteur me trouvera un peu emporté dans cette note où je jouis en effet avec une sorte d'exaltation, tant du bonheur de voir mon pays délivré de la fureur des barbares, que de la confusion des petits Nérons qui auraient voulu voir incendier nos Musées et nos Bibliothèques : je suis cependant très-modéré en comparaison de Timoléon-Tranche-Montagne, républicain bilieux, avec lequel j'entrai au café, ces jours derniers.

A peine nous fûmes assis que, frappant la table du plat d'une canne à sabre, qui fit bondir les tasses et les soucoupes : *Tonnerre de Dieu !* dit-il, *voilà qui est indigne* ! Ses yeux alors étaient tournés du côté du comptoir. Je crus qu'il jurait après la Cafetière ; que celle-ci lui en avait peut être donné *quelque sujet*.... Ce n'était point cela : derrière la belle maîtresse, Tranche Montagne avait vu quelque chose de plus que *Suwarow*. Cet ECCE HOMO d'un nouveau genre, figurait sous cadre entre *Georges-Pitt*, et *Paul* Ier. Comme je le questionnai sur le motif de sa colère, il m'indiqua le tableau, de la tête et de l'œil ; je regardai, et je levai les épaules.

Cependant les familiers embeguinés qui avaient été témoins, crurent que Tranche-Montagne avait du vin, dans la tête et riaient dans leur cravate. Tais-toi, lui dis-je à l'oreille, la liberté triomphe, il faut se moquer du reste.

Alors je tirai de ma poche une lettre datée d'*Alkmaër*, lettre que j'avais reçue le matin, et qui m'était écrite par un neveu de Corélius : voici, dis-je à Tranche-Montagne, des nouvelles de nos affaires en Hollande. A cette annonce les familiers nous entourent. La lettre finissait ainsi :

. . . . « Vous savez » sans doute que les Français réunis aux Bataves viennent de donner une nouvelle leçon » aux Anglais et aux Russes. Un de mes » camarades qui a fait des études, et qui conserve sa gaîté en combattant, était avec moi » à la poursuite des Anglais qui fuyaient comme » des levriers. Piqué de ne pouvoir les atteindre » il leur « criait à pleine tête :

» *Maturate fugam, regi que hoc dicite vestro,*
» *Non illi imperium pelagi. . . .* »

La citation fit rire les auditeurs. Comme Tranche-Montagne en parut étonné : *croyez-vous donc*, dit l'un d'eux (qu'à son extérieur et à son allure nous avions pris pour un Chouan ;) *croyez-vous que nous aimions plus que vous les Anglais et les Russes ? Belle maman donnez-moi ce tableau.* Il le paya, le prit, et, le brisant devant nous : *voilà*, reprit-il, *l'amour que j'ai pour ces gens-là.* Personne ne dit mot. Oh ! dit Tranche-Montagne, La Révolution s'achève : il n'y a plus que les Amis des Saints à *convertir.*

FIN DES NOTES.

IDEES SUBSÉQUENTES
où l'on parle

1°. De Miracles faits par des Anes ;

2.° Du Dictionnaire de Richelet comparé à la dernière édition de celui de la ci-devant Académie française ;

3.° Du cocuage de St.-Joseph.

SOTTE CREDULITE. MIRACLES faits par des Anes.

Il n'y avait pas autrefois de maladie, pas de bobo, que tel ou tel Saint n'eût le pouvoir de guérir, sans s'en douter.

Tandis que *S. Pantaléon* guérissait les foulures de nerfs, et *S. Eloi* le farcin; *S. Jean* rendait la vue aux aveugles, par lui-même et par ses lieutenans.

Jean de Thiers, savant docteur, curé de Vibraye, nous a conservé la plaisante oraison qu'adraissait jadis à *Jean-le-Bienheureux*, un sergent de village, devenu oculiste avec sa permission.

Monsieur S. Jean, passant par ici, trouva trois vierges en son chemin; il leur dit: Vierges, que faites-vous ici? — Nous guérissons de la maille. — Oh! guérissez, vierges, guérissez l'œil de . . . .

Le goujat faisait alors un signe de croix, soufflait dans l'œil malade, et continuait ainsi:

Maille, feu, grief, feu que ce soit, ongle, migraine, et araignée, je vous commande n'avoir non plus puissance sur cet œil que n'en eurent les juifs, le jour de Pâques, sur le corps de notre Seigneur Jesus-Christ. Au nom du Père, et du Fils, et du Saint-Esprit.

Cette prière faite, l'aveugle, le borgne ou le chassieux disaient, par ordre de l'Oculiste, trois *Pater* et trois *Ave*, qui n'avaient nul rapport au bon *S. Jean*. Celui-ci aurait pu se piquer de la balourdise de son protegé: sa toute-puissance et sa bonté se manifestaient néanmoins dans la minute. Il n'y avait pas de taie, pas d'inflammation, pas de cataracte qui résistât. La foi de l'Oculiste lui tenait lieu d'instrumens, de crocus, d'aloës, d'œufs frais, de sucre candi, de fenouil, et d'eau rose.

Il y a encore en Espagne, en Italie, en France même, quelques charlatans de cette espèce, qui s'adressent aux saints, et prétendent les forcer à bien faire par de telles paroles; il se rencontre aussi des idiots qui croient encore à leur vertu. Cependant ces sortes d'invocations ont été interdites par des Synodes et des Conciles. On a dit et redit au peuple qu'il n'y a pas un saint qui, de son autorité, puisse faire tomber seulement une goutte d'eau. Le peuple devrait être d'autant plus certain de cette vérité, qu'il voit bien que, depuis que la police s'en mêle, les saints sont sourds; mais il n'en conclut pas qu'ils soient, pour cela, incapables de faire danser les boiteux: il les croit seulement piqués de ce qu'on a voulu les dépouiller de leur toute-puissance. Les plaisans prétendent que c'est même la raison pourquoi ils nous ont abandonnés aux soins et aux visites des médecins. Fâchés de voir qu'il en coûte tant aujourd'hui, tandis qu'autrefois on en était quitte pour un bout de chandelle, ils regrettent l'argent qu'ils donnent aux médecins du corps, et ils se réjouissent de voir que les docteurs évangéliques sont privés des libéralités qu'on leur faisait au temps passé. Soyons plus généreux, ne nous repentons de rien; ne refusons pas sur-tout de payer grassement ceux qui opèrent le bien *par des moyens naturels*.

N'y a-t-il pas de quoi rire, quand on pense qu'il y a eu un tems en Italie, où, pour être guéri de la piqûre d'un Scorpion, on s'approchait respectueusement d'un Ane, et on lui disait à l'oreille: *Un Scorpion m'a piqué: Ane! guéris-moi.* Dans la minute, adieu l'enflure. Quel rival on donnait aux habitans du Paradis !

Il ne faut mépriser personne, me dit un jour quelqu'un devant qui je faisais cette remarque : vous ignorez donc qu'il n'y a point de créature qui ne soit agréable à Dieu, et qu'il est possible que les plus viles à vos yeux aient voix au chapitre, préférablement à des Diseurs de cantiques, qui seraient débauchés ? Ouvrez votre *Saint-Augustin*, vous y trouverez : *Plus placet Deo latratus canum, mugitus boum, grunnitus porcorum, quàm cantus Clericorum luxuriantium.* Les Eléphans rendent hommage au Soleil, et ils passent pour religieux ; les Anes, du pouvoir desquels vous doutez, les Anes, qu'on traite si mal, ont fait et font, tous les jours, preuve d'un discernement plus grand encore. Il n'y a que vous qui ne connaissez pas la pieuse docilité de ceux qu'enfourchaient les Pélerins et les Pélerines trop éloignés de *Lorette*, pour faire la route à pied. C'étaient des créatures qui ne renversaient jamais le cavalier : il semblait au contraire qu'elles pénétraient le motif des dévots personnages qui les montaient.

Aux couches de la Vierge, vous voyez l'Ane et le Bœuf s'agenouiller, saluer l'Enfant nouveau-né, et le reconnaître pour l'Auteur de l'Univers. Rappelez-vous les beaux vers, où ces animaux sont mis, par leur discernement, au-dessus des Puissances de la terre de ces tems-là.

. . . . . . Puerum tepido genitrix involvit amictu,
Exceptumque sinu, blandèque ad pectora pressum
Detulit in præsepe. Hic illum mitia anhelo
Ore fovent jumenta. O rerum occulta potestas!
Protinùs agnoscens Dominum procumbit humi bos
Cernuus; et, morâ nullâ, simul procumbit Asellus
Submittens caput, et trepidanti poplite adorat.
Fortunati ambo! . . . .
Solis quippè Deum vobis et pignora cœli
Nosse datum, et nati cunabula blanda tueri.
Ergò dum refluo stabit circumdata fluctu
Terra parens; dum præcipiti vertigine cœlum
Volvetur, Romanâ pius dum mente Sacerdos
Ritè colet, vestri semper referentur honores;
Semper vestra fides nostris celebrabitur oris.
Quis tibi tunc animus, quæ sancto in corde voluptas,
O Genitrix! cùm muta tuis famulantia cunis,
Ac circùm, de more, sacros referentia ritus
Adspiceres Domino genua inclinare potenti,
Et sua commotum trahere ad spectacula cœlum?
Magne Pater, quæ tanta rudes prudentia sensus
Leniit? Informi tantos quis pectore motus
Excivit calor, et pecudum in præcordia venit?
Ut quem non Reges, non accepere tot urbes,
Non populi, quibus aras et sacra tueri
Cura fuit, jam bos torpens, jam segnis Asellus
Auctorem fati, possessoremque salutent?

Je laissai mon homme défiler son chapelet; mais sans demeurer d'accord qu'un Ane avait le pouvoir de guérir la morsure des Scorpions, sans croire qu'un Ane d'une autre espèce, un goujât, pût réussir à rendre la vue à un aveugle, par des paroles aussi indécentes que privées de sens commun : je demeurai de l'avis d'*Hypocrate* : le faiseur d'aphorismes n'ajoutait nulle foi aux guérisons par charmes. *Galien* pensait comme lui. De son tems, parut à Rome un nouveau-venu, nommé *Mermes*, qui se flattait *de faire vivre, et long-tems, tous ceux que les Médecins auraient abandonnés* : il ne demandait, pour cela, qu'une chose à *Marc-Aurele* : c'était un titre qui portât *qu'il en savait plus que personne*. Il avait commencé à faire ses preuves. Si on avait une douleur au côté droit, il commandait à la douleur de passer au côté gauche, et elle obéissait. Une femme sentait du froid dans la région hypogastrique ; l'Opérateur y mettait le doigt, et dans l'instant, la femme recouvrait ses chaleurs. Beaucoup d'entre elles le prônaient, *parce qu'il les envoyait aux eaux, avec leurs bons amis*. Il restait quelques mécréans, parmi les maris sur-tout ; mais il les punissait bien ; car, d'un coup-d'œil, il leur donnait la foire. *Galien* et ses disciples virent le moment où ils perdraient tout leur latin : un mouton décampé avait entraîné le troupeau. Il fit un Livre contre les Opérateurs-Marmoteurs de mots, possesseurs de sciences secrètes et vertus occultes : il les traita de *Babyloniens*, et appela ceux qui couraient après, des *imbéciles*.

DICTIONNAIRES COMPARÉS.

Au lieu de batailler en faveur des Saints, et de se faire de *Judith*, de *Geneviève*, de la *Magdelène*, de *Marie* et des *onze mille vierges*, autant de DULCINÉES dont on ne veut pas absolument que l'honneur soit attaqué, il faudrait s'occuper utilement. Comment, par exemple, n'a-t-on seulement pas pensé à donner à la france un bon dictionnaire ? comment a-t-on souffert que la compilation *informe* et *incomplète* (*) de l'académie française fût réim-

(*) Dans cette édition de L'AN VI, signée Smits 1798, voyez si vous trouverez le mot *Télégraphe*.

Cependant combien eût été intéressante la description de cette machine parlante, dont les mouvemens ont été déployés pour la première fois en L'AN II ! Smits n'en parle point. Les deux bras de JEANNOT m'en disent davantage. Ainsi l'on nous donne pour complet un livre où l'on a omis une *multitude* de mots. Mais voyez en revanche le mot Roi. Sa majesté occupe trois colonnes, et qui pis est, *petit bonhomme vit encore !* Quoi ! c'est dans un livre imprimé dans l'an six qu'on nous répétera trente fois des *on dit*, qui n'ont de cours que dans les salons où se glisse la *noblesse roturière !* Nous verrons, sans demander qu'on le jete au feu, ce Calepin *injurieux* à la nation, où des éditeurs assurent qu'*aujourd'hui* ON DIT EN FRANCE : *Le Roi ne meurt pas !... etc.* L'a-t-on pensé en effet ? et pourquoi n'avoir pas mis : *Autrefois on*

primée de *nos jours* pour la *cinquième fois*? Qu'est-ce que tout ce fatras! voyez RICHELET, même le *Richelet*, corrigé par l'abbé Goujet, édition de Hollande 1732, format académique, à trois colonnes; comparez, et vous verrez si *tout* le dictionnaire, *prétendu* académique, n'en est pas emprunté mot-à-mot; à l'exception que *Richelet* est dix fois plus riche, et que, comme il était philosophe, on y trouve des définitions beaucoup plus *exactes* et beaucoup plus *franches*. (*)

On croirait que les derniers éditeurs du dictionnaire académique sont des épurateurs qui ont donné de l'or fin; c'est le contraire: l'or est resté dans *Richelet*: CELA EST POSITIF. (**)

DISAIT EN FRANCE: *Le Roi ne meurt pas?* Mais cela eût donné à conclure que l'on croyait à la République.

(*) Richelet, ennuyé, en 1780, de voir que l'Académie était en travail depuis *quarante-trois ans*, et ne finissait pas d'accoucher de son dictionnaire; donna modestement le sien, « le hasardant, dit-il, comme une espèce » d'aventurier. »

(**) Il y a des vieilleries que l'ignorance admire comme des *nouveautés*. Une jeune personne demande à sa mère comment se font les enfans? *Jean-Jacques* fait répondre à la mère: Ma fille, les femmes les *pissent* à la suite de grandes douleurs. Voyez *Richelet* au mot *pisser*, vous trouverez: « *Elle a pissé des*

Quoi donc, il existe une société savante dont *Garat* a dit : « il fallait que la République eût son INSTITUT des arts et des » sciences, » . . . « destiné par son origine à » *décorer la liberté*, à la *fortifier*, à la *propager* » dans le monde, *comme la lumière*, » *Garat* aura démontré » l'influence importante

---

os, et veut passer pour pucelle. » Et ailleurs : *les femmes* pissent *des os.* » *Jean-Jacques* qui savait *Montaigne* par cœur, et qui connaissait parfaitement Richelet, s'est servi bonnement d'une ancienne expression, d'usage *au bon vieux tems. Jean Jacques* n'a jamais pensé qu'on lui ferait un mérite d'avoir *approché* de la vérité, à l'aide de cette locution *rebattue* qui suffit *à-peu-près* à la curiosité de la petite fille. Mais tout est neuf pour ceux qui ne lisent pas ; et j'ai entendu beaucoup de monde applaudir à cette manière de parler évasive ; on voit pourtant qu'il n'a fallu à *Jean Jacques*, pour l'employer, que se souvenir de ce qu'il avait vu ailleurs.

Compilateurs-élagueurs, rendez-nous nos vieux mots ; rendez-nous *Richelet.*

Et nous, retournons aux anciens livres ; laissons de côté les diableries anglaises ; laissons les auteurs morcelés, et toutes les jongleries des Pasquins mitrés, sans la permission de qui l'on ne pouvait manger un poulet ou des œufs. On ne sait pas ce qu'on perd à négliger la lecture de ces *vieux* écrivains que je ne puis mieux comparer qu'à de *l'or natif*, et dont le *bon* Lafontaine avait si bien fait son profit.

» d'un bon dictionnaire sur *la raison d'un* » *peuple* », et l'on n'aura pas daigné encore y travailler ! on l'aura laissé reparaître dans toute sa turpitude, au gré des spéculateurs avides qui n'ont pas craint de nous affliger encore la vue, en nous rappelant la manière de prononcer des Normands et des Goths! on l'a laissé infecté de fanatisme et d'aristocratie! Je prouverais par vingt citations que des Coopérateurs apostoliques ont cherché dans leurs définitions à tenir le peuple à la lisière : je m'en tiendrai à une ou deux : voyez le mot

---

Si tant de femmes qui, depuis trop long-tems, forment des espèces de juris ; et donnent des réputations d'un jour, au lieu de lire les caractères de *Théophraste* et de *Labruyère*, ne s'en étaient pas tenues à ceux des *Ninon* et des *Margot*, elles n'auraient pas crié au miracle, à la nouveauté, au génie inventif, quand parut l'épître de *Sedaine*, sous le titre : *Epître à mon habit*. Elles ne furent pas peu surprises, lorsqu'en 1779, dans un opuscule intitulé : *le Fond du sac*. Aristénète, voyant que le plagiaire s'enivrait, (sans rien dire,) de l'encens que brûlaient pour lui ces dames ; s'écria, au nom du poëte :

Labruyère, ah! que je vous remercie!
C'est vous qui me valez cela !

Voyez en effet *Labruyère*, édition d'*Amsterdam*, page 214. L'EPITRE A MON HABIT s'y trouve *toute entière*. Sedaine *n'a eu que la*

PRÊTRE dans ce dictionnaire, et puis voyez-le dans celui de Richelet. Voyez le mot CITOYEN, même dans le supplément des *mots en usage depuis la révolution*; quelle mauvaise foi! car ce n'est pas ignorance; *Jean-Jacques* avait parlé; *Garat* avait donné la définition de ce mot dans le discours préliminaire; seule chose dont malheureusement il ait pu s'occuper.

Un bon dictionnaire! *Palissot* et *Parny* y

---

peine de rimer. Or savez-vous ce que dit un des juges féminins, quand il eut vérifié le plagiat? « voilà qui est bien singulier! *il y a pourtant* » *de bonnes choses dans ces vieux bouquins* » *là!* »

Notre étonnement sur les choses présentes, ne vient que de ce que nous ne sommes pas instruits du passé.

Par exemple, presque tout le monde a traité d'attentat *inoui* l'assassinat, près Rastadt, de nos Ministres plénipotentiaires. La Tribune des conseils, les feuilles périodiques, les discours prononcés à ce sujet, dans presque toute la République, ont répété la même chose. Cette horrible violation du droit des nations n'est cependant point sans exemple

M. *Duroule*, ambassadeur de Louis XIV, en Abyssinie, fut assassiné en plein jour à *Sennaar*, par quatre Nègres. Ils l'écharpèrent à coups de sabre, en face du palais, dans la place qui servait aux exécutions. L'histoire rapporte qu'il périt « courageusement, mais sans » résistance ». Un Drogman, M. *Mace*, ne fut pas si endurant : de deux coups de pistolet il tua deux des assassins, et périt ensuite.

auraient merveilleusement *coopéré*, comme littérateurs et comme ennemis du mensonge. Cependant on les a rejetés *de l'Institut*! J'ai donc eu raison de comparer les ennemis de cette raison promise par Garat, à ces malheureux troglodites que blesse la lumière ; timides antipodes de ce philosophe brusque et véridique, qui ne voulait voir aucun corps interposé entre lui et le Soleil, pas même *Alexandre*, et dont la lanterne et le *virum quæro* disent tant en faveur de la clarté. Oui ce nouveau dictionnaire, comme l'ancien, n'est (comme le dictionnaire des *hommes libres*) qu'un répertoire de platitudes, de jongleries et d'impostures.

Garat a prévu qu'il serait refondu également ce dictionnaire *des hommes du temps passé*, lui qui « regarde l'histoire ancienne

---

Le motif de cette ambassade était le rétablissement de la mission des *Jésuites*, chez les Abyssins. De quoi diable ne s'avise pas un Roi ambitieux, persécuteur et bigot ! M. *Bruce* attribue cet assassinat à la jalousie des moines Franciscains et de ceux *de la Terre-Sainte*. . . . Je n'ai pas le loisir de vérifier les faits ; mais je crois pouvoir assurer que l'orgueilleux Despote laissa cet attentat sans vengeance.

Neufchateau a parlé aussi d'une reine de Scytie qui fit assassiner des ambassadeurs ; mais il ne l'a pas nommée : je ne sais qui c'est.

» comme la plus éloquente protestation du » genre humain *contre toutes les espèces de » tyrans et de tyrannies* ». La vérité toute nue doit enfin paraître : envain les hiboux haïssent le grand jour et le chant de Philomèle : la génération ne se passera pas sans que l'or pur ne soit défaché de tout cet alliage dont Smits et compagnie se sont faits les revendeurs. Hommes libres, détournez vos regards de cet dédifice gothique qui corrompt le goût, qui jete la crédulité dans l'erreur! Les Dictionnaires font partie des bons livres qui doivent achever la révolution.

COCUAGE DE S. JOSEPH:

PROBABILITÉS *en faveur du bien-heureux Panther.*

VOLTAIRE qui était de bon conseil, et qui ne réussit, qu'à force de se moquer de l'insouciance des Welches, à faire débarrasser la colonnade du Louvre. des cabannes *de coquilles d'huitre* qui la déshonorèrent si long-tems (*), Voltaire disait qu'*il y a des choses qu'on ne saurait trop répeter*. Je profiterai de l'avis, pour prouver que l'auteur de la guerre des Dieux n'est pas le premier qui ait soupçonné la fidélité de la mère de Dieu, et qu'un mondain est bien excusable de mettre en fait ce qui fut de la part du saint personnage JOSEPH, la cause d'un doute *voisin de la certitude*.

Tout nous a convaincus que, si JOSEPH avait fait l'épreuve de la *Coupe enchantée*, il aurait bu, sans rien répandre, au grand étonnement de la sorcière *Nérie* et des acteurs cornus, dont la liqueur traitresse avait sali la barbe.

(*) Les abus.... *de cette espèce*, durent moins en République. Le palais national se trouve débarrassé de tout ce qui nuisai' encore à son entier développement et à *sa sûreté*.

» Comment ne serait-on pas porté à penser que *Marie* n'a pu concevoir sans la participation d'un homme, puisque Joseph lui-même eut des doutes ?

» Dieu qui exerce les Saints et qui éprouve les justes, permit que son serviteur eût des soupçons ; et que, dans son trouble, il tînt le discours *peu connu* que voici :

JOSEPHUS *secum.*

Prægnantem video virginem, causam ignoro. An sui forsitan pudoris oblita est? Nempè quæ voto perpetuæ castitatis obstricta, nihil cum adulteræ moribus habet commune. Sed quid, si illam accusem? Lapidandam scilicet: accusem tamen. Quid dicam? nunquam mihi cognitam? quis credet? cognitam alteri? absit. Non ita venerem Castitas odit, ut illa cupidinem. Quid igitur? Conceperit forsan sine viro mulier? Scio illud Isaïam prædicere: non ignoro explendas jam proximè Danielis Hebdomadas, nec dubito quin præ cæteris huic apta sit gloriæ. Sed quid? adeò-nè pauperem cœlestes divitiæ matrem? quid tandem? amicis restituam? Hoccinè Mariæ-Josephus opprobrium? Fugâ me subducam? Ita-nè alteram me?

Ce latin concis est moins facile à rendre qu'à entendre; cependant, pour que tout le monde en profite, je vais essayer de le traduire.

MONOLOGUE *de Joseph.*

« Ma femme est enceinte ! que dis-je ; ma femme ? une vierge ! Qui peut l'avoir mise dans l'état où je la vois ? Je l'ignore.. La pudeur était pour elle d'un si grand prix ! L'aurait-elle par hasard *oubliée ?* Car les mœurs de celle que retient le vœu d'être chaste toute sa vie, ne peuvent ressembler en rien à la conduite d'une femme habituée au crime. Qu'arrivera-t-il, si je l'accuse ? On la lapidera. N'importe, je l'accuserai..... Que dirai-je ? que je n'eus jamais de commerce avec elle ? qui le croira?.... Qu'un autre.... Dieu m'en garde ! La chasteté a moins d'aversion pour les plaisirs de l'amour, que *Marie* pour la simple tentation. »

« Comment la chose serait-elle donc arrivée ? Croirai-je qu'une femme a pu concevoir, sans se livrer aux caresses d'un homme ? *Isaïe* l'a prédit, je le sais : je n'ignore pas que nous touchons aux temps fixés par *Daniel*, et je crois ma femme plus digne qu'une autre de la gloire annoncée à son sexe par les prophètes. Mais quoi ! le ciel accorderait il une telle faveur à une mère si pauvre ?..... Que penser ? que résoudre enfin ?...... La rendre à sa famille ? *Joseph* ferait à *Marie* un tel outrage ! Fuir et l'abandonner ? Traiterai-je ainsi une autre moi-même ?

On sait que, malgré ses doutes, *Joseph*,

trop doux de son naturel pour se porter à des extrémités violentes, prit le parti de fuir en Egypte. Un Ange lui apparut à tems, de la part du *Seigneur*, l'instruisit du MYSTÈRE, et lui ordonna de ne point quitter sa chaste compagne.

Apologue *servant de* Corollaire.

LE COCHON DE LAIT,

OU

LES JUGES CONFONDUS;

En hic declarat quales sitis judices.

L'HOMME est dupe de l'apparence;
Il voit louche, et prononce : errer est notre lot.
Le pis est qu'on s'obstine, et puis l'on est tout sot,
Quand on en vient à l'évidence.
Phèdre en donne un exemple, il est bon à citer :

Puisque j'en ai le tems je vais vous le conter.

Un Quidam mariait sa fille ;
C'était un homme riche et de grande famille :
Il voulut qu'à la noce on vint de tous côtés.
Des bals, des concerts, des spectacles,
Tout fut promis ; sur-tout des nouveautés !
Les Jongleurs, les Bouffons, à prix d'or invités,
Arrivent à la file, annonçant des miracles....
Un d'eux se distingua ; cet homme était connu
Par sa gaîté piquante et singulière.
Les gens verront, dit-il, ce qu'ils n'ont jamais vu :
Je jure d'attirer chez vous.... la ville entière !

Ce bruit de bouche en bouche est par-tout répandu.
Au spectacle on se rend, en si grande affluence,
Que la salle où la veille, on se fût promené,
Annonçait à chacun qu'il y serait gêné.
Ce qu'il y put entrer, se serre, et prend séance.

Arrive le Bouffon : le public en silence,
Le corps froissé, l'œil fixe, et par-tout se haussant,
Ne fait qu'un vœu, c'est qu'il commence.
Celui-ci, grimaçant, à pas comptés, s'avance.
De sa gauche on le voit soulever son manteau
Qu'il gonfle, offrant à l'œil du public qu'il abuse,

La forme d'un petit Pourceau.
De la droite il le flatte, et, par surcroît de ruse,
L'arrête brusquement. — Hé! dit-il, holà! hé!
De façon qu'on croit qu'il accuse
Son animal d'avoir bronché.
Puis, fourrant dans son sein la moitié de sa tête,
Deux fois il imita, de son aigre fausset,
La voix perçante d'un Goret.
Ce fut là le beau de la fête:
Car il le fit si bien, qu'il trompa dans l'instant
L'amphithéâtre et le parterre.
On veut qu'il se secoue, et prouve évidemment
Qu'il ne recèle rien, et que ce cri plaisant
C'est bien lui qui vient de le faire.
L'ordre est pressant, il obéit:
Rien. Vous jugez de la surprise
Elle est extrême: on l'applaudit,
On l'acclame à triple reprise.
Un Villageois seul s'en abstint:
Beau prodige, dit-il, pour que l'on s'extasie!
Si j'en avais la fantasie,
Je ferais mieux, et.... dès demain.
On accepte; la foule est plus nombreuse encore:
Les paris sont ouverts. Comme chacun pérore,
Tous deux entrent en lice: honneur à l'histrion!

La faveur est pour lui, du *Bonhomme* on se
moque,
Le grand nombre du moins : il a l'air gauche,
il choque :
Enfin son ennemi c'est... la prévention !
Le Mime glorieux débute, et, cette fois,
Tête haute, du Porc imite encor la voix :
C'était à s'y tromper ; et l'on crie : à merveille !

A moi, dit son rival ; et puis, gesticulant
Comme l'autre avait fait la veille,
Le voilà qui se panche et feint adroitement,
(Ce qui paraît un jeu, car c'est chose pareille)
Que sous sa draperie est un Cochon de lait ;
Mais c'était tout de bon : il le cache en effet.

De l'index et du pouce il lui pince une
oreille,
Et la lui tire fortement ;
L'animal jete un cri, *le cri de la nature!*
Le peuple, néanmoins, contre le paysan
S'élève, s'indigne et murmure.
Lui de rire aux éclats ; il se pâme, il fait tant
Qu'à la fin le public s'emporte,
Et conclut unanimement
Qu'il le faut jeter à la porte.

De dessous son habit lors sortant l'animal,
Pour faire le procès à ces mauvaises têtes,

Tenez, voilà, dit-il, qui ne prouve pas mal
Quel délire est le vôtre, et quels juges vous
êtes !

Paris, 15 Vendémiaire.

FIN.

AN VIII.

www.ingramcontent.com/pod-product-compliance
Lightning Source LLC
LaVergne TN
LVHW020317230826
846091LV00003B/703